늑대소년 다루

김성종 장편 소설

초판 1쇄 발행일 2013년 10월 7일
초판 5쇄 발행일 2015년 7월 30일

발 행 인 | 서경석
편 집 인 | 권태완

디자인 | 신현아 마케팅 | 서기원 · 권병길

발행처 | 청어람주니어 출판등록 | 제313-2009-68호
주소 | 경기도 부천시 원미구 부일로 483번길 40 서경B/D 3F (우) 420-822
전화 | 032-656-4452 팩스 | 032-656-4453
juniorbook@naver.com

ⓒ 김성종, 2013

ISBN 978-89-93912-90-6 (43810)

늑대소년
다루

김성종 장편 소설

청어람주니어
Chungeoram Junior

차례

버려진 강아지 ● ● ●

늦가을을 재촉하는 듯 비가 부슬부슬 내리고 있었다.

학교 앞에는 우산을 든 사람들이 옹기종기 서 있다가 아이들이 몰려가자 출입문 앞으로 우르르 다가왔다. 거의가 여자들로, 갑자기 비가 오는 바람에 아이들 마중을 나온 엄마나 누나들이었다. 여기저기서 엄마를 부르는 소리, 아이 이름을 부르는 소리 때문에 학교 앞은 잠시 시끄러웠다.

다루는 혹시 자기를 마중 나온 사람이 없나 해서 주위를 두리번거렸다.

여러 사람 가운데서 엄마 얼굴을 찾았지만 거기에 엄마가 있을 리 없었다. 마중 나올 사람이 없는 줄 빤히 알면서도 자기도 모르게 두리번거렸던 것이다.

다루의 밝은 표정이 순간적으로 어두워졌다. 그는 어깨를 움츠리고 사람들 사이를 재빨리 빠져나갔다.

다루 엄마는 3년 전, 그러니까 다루가 2학년인 가을 어느 날 갑자기 세상을 떠났다. 간암이라는 몹쓸 병에 걸려 너무나 일찍 돌아가신 것이다. 엄마 나이 서른다섯 살 때다.

엄마는 참 예뻤다. 엄마를 쏙 빼닮은 누나를 보면 엄마가 얼마나 예뻤는지 알 수가 있다. 그런데 엄마는 생전에 한쪽 눈이 없어 언제나 거기에 안대를 대고 사셨다. 그래서 예쁜 얼굴인데도 불구하고 한쪽 눈이 가려져 있어서 제 모습을 보여줄 수가 없었다.

엄마가 애꾸눈이라는 사실이 싫어, 다루는 그것이 알려질까 봐 몹시 마음을 졸이며 학교에 다녔는데, 결국은 소문이 퍼져 놀림을 받고 울음을 터뜨린 적이 한두 번이 아니었다. 그 생각을 하자 다루는 기분이 울적해졌고, 갑자기 엄마가 보고 싶었다. 엄마가 애꾸눈이라는 사실을 창피하게 생각한 자신이 부끄럽고 미웠다. 엄마는 말씀은 안 하셨지만 얼마나 마음이 아프셨을까.

나는 나쁜 놈이야. 다루는 비를 피해 처마 밑으로 들어갔다. 눈에 맺힌 눈물을 얼른 손등으로 닦은 다음 골목 안을 바라보았다.

조금 굵어진 빗줄기가 바람과 뒤엉켜 소용돌이치고 있는 것이 보였다. 그 골목은 술집들이 다닥다닥 붙어 있어서 별로 다니고 싶지 않은 길이었다.

하지만 그쪽으로 가면 집에 빨리 갈 수가 있기 때문에 다루는 가끔씩 그 골목을 이용하곤 했다. 우산도 없이 집에 가려면 가까운 길로 질러가는 수밖에 없었기 때문에 다루는 골목으로 들어섰다.

골목 안은 쥐 죽은 듯 조용했다. 낮에는 술집들이 장사를 안 하기 때문에 이렇게 죽은 듯이 조용하지만 날이 어두워지면 골목 안은 휘황찬란한 불빛과 함께 전혀 다른 모습으로 변한다. 사람들이 몰려들면서 아연 활기를 띠기 시작하는 골목 안은 밤이 깊어지면서부터는 술 취한 사람들의 비틀거리는 모습들이 뒤엉키면서 여기저기서 눈살을 찌푸리게 하는 장면들로 얼룩진다. 다루는 그런 모습들이 몹시 싫었다.

골목 안에는 퀴퀴한 냄새가 배어 있었다. 여기저기 토해낸 배설물을 보자 다루는 절로 눈살이 찌푸려졌다.

고양이 두 마리가 쓰레기 봉지를 뒤지다가 그가 가까이 다가가자 후다닥 도망쳤다. 골목에는 쓰레기가 널려 있었고, 오줌 냄새까지 풍기고 있었다.

골목의 중간쯤에 '엘비스 프레슬리' 간판이 보였다. 그것은 술집 이름으로, 엘비스 프레슬리가 기타를 치며 노래하는 사진을 확대해서 만든 간판이다. 골목을 지날 때면 그는 그 간판 앞에 잠시 서서 엘비스 프레슬리의 모습을 황홀한 듯 쳐다보곤 했다. 그는 엘비스 프레슬리 팬이었고, 그를 흉내 내서 노래 부르는 것을 좋아했다. 언젠가 야외로 소풍을 가서 급우들 앞에서 장기 자랑을 하게 됐을 때 그는 엘비스 프레슬리 흉내를 내면서 노래를 부른 적이 있는데, 그때 아이들은 박수를 치고 발을 구르면서 환호성을 질러댔다. 자신이 그런 환호성을 받아보기는 난생 처음이었기 때문에 그는 어리벙벙하기도 하고 황홀하기도 했다. 그 후로 아이들은 걸핏하면 그에게 프레슬리 흉내를 내보라고 졸라댔고, 그는 가끔씩 마지못해 그 흉내를 내보이곤 했는데, 그러다 보니 어느새 프레슬리는 그의 별명처럼 되어 있었다.

그렇다고 해서 다루가 프레슬리처럼 기타를 멋지게 치면서 영어로 노래를 부를 수 있는 것도 아니었다. 그는 처음에는 프레슬리가 누구인지도 몰랐고 그의 노래를 들어본 적도 없었다. 1950년대를 풍미했던 가수이니 그가 모르는 것도 당연했다.

다루가 프레슬리에 대해 조금 알게 되고 그의 노래를 흉내

내게 된 것은 순전히 그의 아버지 때문이었다. 지금 아버지는 목을 다쳐 노래를 못 부르게 됐지만, 다루는 걸음마 할 때부터 아버지가 프레슬리 노래를 부르는 모습을 보면서 자랐다.

기름 바른 머리를 올백으로 빗어 넘기고, 그 위에 카우보이모자를 젖혀 쓰고, 다리에 착 달라붙는 청바지에 한 뼘이나 되는 굵은 벨트를 허리에 걸친 채 온몸을 틀어대면서 기타 반주에 맞춰 열정적으로 노래를 부르는 모습, 그것은 영락없는 프레슬리의 모습이었고, 그 같은 모습을 수도 없이 보면서 다루는 자기도 모르게 그것을 흉내 내게 되었던 것이다.

그러는 사이 그는 프레슬리가 팝 뮤직 사상 가장 인기 있는 가수로 로큰롤의 황제로 불렸고, 살아생전 전설적인 가수였다는 것을 알게 되었고, 아버지처럼 그를 흠모한 나머지 자기도 나중에 커서 프레슬리 같은 유명한 가수가 되겠다고 마음먹었다.

그래서 언젠가 한번 아버지가 다루는 장래 커서 뭐가 되고 싶으냐고 물으셨을 때 선뜻 가수가 되고 싶다고 대답한 적이 있다.

그때 아버지의 표정이 어두워지더니 가수는 안 된다고 말씀하셨고, 그래서 그 뒤로 그는 가수가 되겠다는 말은 입 밖에 꺼내지도 않았다. 하지만 그 생각이 사라진 것은 아니었다.

다루 아버지는 몇 년 전까지만 해도 전국을 누비고 다니는 밤무대 가수였다. 그의 엘비스 프레슬리 흉내는 너무도 멋져서 전국의 밤무대에서 다투어 그를 부를 정도였다. 텔레비전에 나오는 장기 자랑에 나가 갈채를 받기도 했지만, 그렇다고 그를 정식으로 무대에 초대되어 노래를 부르는 일반적인 가수라고 생각하는 사람은 아무도 없었다. 간단히 말하면 그는 외국 유명 가수 흉내나 내는 이름 없는 밤무대 가수에 지나지 않았다.

그러나 그런 아버지에 대한 다루의 생각은 전혀 달랐다. 다루에게 있어서 아버지는 세상에서 제일가는 가수였고, 가장 훌륭한 아빠였다. 밤무대에 나가기 때문에 생활이 엉망인 줄 알겠지만 다루 아버지는 술, 담배도 전혀 안 하는 모범생이었고, 밤무대에서 번 돈은 한 푼도 쓰지 않고 꼬박꼬박 다루 엄마에게 갖다 주곤 했다.

프레슬리 술집 간판을 잠시 넋을 잃고 바라보다 말고 다루는 다시 집 쪽으로 걸음을 옮겼다. 프레슬리 술집 옆으로 좁은 골목이 나 있었다. 그 골목 입구 한쪽에는 쓰레기가 아무렇게나 버려져 있었다. 다루는 얼굴을 찌푸리면서 얼른 그 앞을 지나쳤다.

그때 어디선가 가냘픈 울음소리가 들려왔다. 다루는 멈칫

서서 그 소리에 귀를 기울였다. 그것은 사람이 아닌 짐승의 울음소리 같았는데, 유난히 애처롭게 들려왔다.

망설이던 다루는 발길을 돌려 울음소리가 나는 쪽으로 조심스럽게 다가가 보았다. 가까이 가서 귀를 기울여 보니 그것은 쓰레기더미에서 나는 것이 분명했다. 너무나 애처롭게 들려서 도저히 모른 체할 수가 없었고, 마치 그를 부르는 소리 같았다. 쓰레기더미 앞으로 바싹 다가서자 간밤에 술 취한 사람이 토해낸 것을 정신없이 찍어 먹고 있던 비둘기 두 마리가 화들짝 놀라 날아올랐다. 다루는 멈칫하다가 쓰레기더미를 찬찬히 살펴보았다. 그의 눈에 검정 비닐봉지 하나가 꿈틀거리고 있는 것이 보였다. 봉지는 묶여 있지 않은데다 찢어져 있었기 때문에 찢긴 자락을 살짝 잡아당기자 내용물이 금방 드러났다.

그런데 그 내용물을 보고 다루는 그만 깜짝 놀라고 말았다. 놀랍게도 그것은 강아지 새끼들이었다.

강아지 새끼는 모두 네 마리였는데, 태어난 지 얼마 안 됐는지 몹시 작아 보였다. 네 마리 모두 잿빛이었는데, 그중 한 마리가 꿈틀거리며 울음소리를 내고 있었다. 나머지 세 마리는 움직이지 않았고 울음소리도 내지 않았다. 그것들은 다리가 잘리기도 하고 내장이 튀어나오기도 하고 얼굴 한쪽이 없는 것도 있었는데, 그 끔찍한 모습으로 보아 이미 죽은 것 같았다.

울컥하고 토할 것 같았지만 그는 얼어붙은 듯 그 자리에 서서 강아지 새끼들을 쳐다보고 있었다. 아무리 동물이지만 여기다 이렇게 버리다니! 이렇게 잔인할 수가 있을까.

살아 있는 강아지 새끼는 비에 젖어 오들오들 떨면서 애처롭게 울고 있었다. 그에게 살려달라고 그러는 것 같았다.

그는 손을 뻗어 그것을 만져보았다. 순간 전기에 닿은 것 같은 짜릿한 전율이 느껴졌다. 손끝을 통해 전해져 오는 꿈틀 거리는 생명의 신비감에 그는 가슴이 뭉클해져 왔다.

그대로 두면 꺼져가는 생명과 함께 그 신비감도 사라질 것 이고, 차디찬 주검은 도둑고양이의 밥이 되고 말 것이다.

그런데 가만 보니 그 강아지 새끼는 한쪽 눈이 없었다. 고양이가 눈을 파먹었는지 그곳이 움푹 파여 있었다. 아직 온전한 오른쪽 눈만이 가늘게 뜨여 있었다. 한쪽 눈이 없다는 사실을 확인한 순간 문득 왼쪽 눈이 항상 안대로 가려져 있던 엄마의 모습이 떠올랐다. 강아지는 걷지를 못하는지 버려진 그 상태에서 계속 울어대고 있었다. 거기에 그대로 있는 것을 보면 태어난 지 얼마 안 되는 것 같았고, 그래서 걷지도 못하는 것 같았다.

그는 다시 한 번 강아지 새끼들을 버린 사람을 저주했다. 생명을 학대하고 쓰레기 취급하는 인간은 개만도 못하고, 단지 인간의 탈을 쓰고 있을 뿐이라고 생각했다.

다루는 쪼그리고 앉아 새끼손가락 끝으로 강아지의 입을 조심스럽게 건드려 보았다.

순간 놀라운 일이 벌어졌다. 그때까지 애처롭게 울고만 있던 강아지가 고개를 번쩍 쳐들고 손가락을 빨아대기 시작한 것이다. 어떻게나 맹렬히 빨아대던지 손가락이 닳아 없어질 것 같았다.

얼마나 배가 고프면 이렇게 젖도 안 나오는 손가락을 빨아댈까. 다루는 가슴이 뭉클해지면서 금방이라도 눈물이 나올 것만 같았다. 그와 함께 빨리 손을 쓰지 않으면 강아지는 곧 죽을 것이라는 생각이 들었다. 머뭇거릴 시간이 없다고 판단한 그는 두리번거리다가 빈 병들이 들어 있는 쓰레기 봉지를 발견하고 그것을 비웠다.

그리고 꿈틀거리는 강아지를 들어서 봉지 안에 집어넣었다. 강아지는 아주 작고 가벼웠기 때문에 한 손으로도 충분히 들 수가 있었다.

천재 소년 ··· 🐺

　다루는 집이 없다. 학교가 파하면 다른 학생들은 우르르 몰려나와 각자 자기 집을 향해 달려가지만 다루는 집이 없기 때문에 달려갈 필요가 없다. 그래서 그냥 천천히 생각에 잠겨 걸어가곤 한다.

　집이 없는 대신 다루는 누나, 아버지와 함께 캠핑카에서 생활하고 있다. 캠핑카 이용이 일반화되어 있지 않은 우리나라에서는 누구나가 그것을 한 대 소유하고 싶어 할 만큼 캠핑카는 부러움의 대상이다.

　그것은 이름만 들어도 멋지고, 캠핑카 여행은 생각만 해도 가슴이 설렌다. 거기에는 멋과 낭만과 여유가 있고, 그 안에서는 행복이 넘쳐날 것만 같다.

그러나 그런 느낌과 생각은 캠핑카로 가끔 여행할 때나 그런 것이지 아예 일 년 열두 달 그것을 집으로 여기고 그 안에서 생활할 때는 전혀 그렇지가 않다.

그것은 너무나 비좁기 때문에 무엇보다도 생활하기에 여간 불편한 게 아니다. 여행할 때의 비좁음은 즐거운 추억으로 남지만 생활의 비좁음은 사람을 짜증 나게 만든다.

캠핑카 생활에서 또 하나 어려운 것은 안정감이 없다는 점이다. 한곳에 정착해서 사는 것이 아니다 보니 항상 붕 떠서 떠돌아다니는 것 같고, 그래서 임시로 살고 있는 것 같은 생각이 든다. 일일이 열거하지 않아서 그렇지 불편한 점은 그밖에도 얼마든지 있다. 화장실이 있긴 하지만 너무도 협소한데다 물을 아껴 써야 하기 때문에 충분히 씻어낼 수가 없어 용변 정도로 그쳐야 하고, 목욕도 시원스럽게 할 수가 없다.

이렇게 여러 가지 불편한 것들 가운데서도 무엇보다도 가장 문제가 되는 것은 연료비 때문에 생기는 불편함이다. 캠핑카는 그렇지 않아도 기름 소비가 많은데 다루네 캠핑카의 경우 그 안에서 24시간 생활까지 해야 하기 때문에 냉난방에 쓰는 기름이 제대로 쓰면 보통 많이 드는 게 아니다.

그래서 돈벌이가 어려운 다루 아버지는 기름값을 조금이

라도 아끼기 위해 가능한 한 차량 운전을 삼가고 냉난방 장치를 거의 가동시키지 않는다.

기름값이 배럴당 1백 달러를 초과하면서 에너지 자원의 고갈이 바로 눈앞에 다가왔다는 전문가들의 경고와 그로 인한 공포감의 확산으로 기름값은 날로 폭등하고 있었고, 그와 같은 상황에서 다루네 같은 아주 가난한 사람들이 살아남는 길은 죽지 않을 정도만 먹고 안 쓰면서 버틸 수 있는 한 버티는, 아주 단순한 방법밖에는 없었다. 그러다 보니 다루네 가족은 캠핑카 안에서 여름에는 무덥게, 겨울에는 춥게 지낼 수밖에 없었다.

이렇게 불편한 점이 많은 데도 불구하고 캠핑카 생활에는 뭔가 다른 점이 있다. 남들과는 다른 특이한 생활이라는 점, 마음대로 떠돌아다님으로써 자유로움을 만끽할 수 있고, 정착 생활로 인해서 생기는 제 세금을 비롯한 여러 가지 잡다한 경비를 내지 않아도 된다는 점 등이 그것이다.

하지만 그것은 다루 아버지 생각이고, 다루는 그런 생각까지는 하지 못하고 있다. 그는 남들처럼 그저 아파트에서 살고 싶을 뿐이다.

다루 아버지 유문기 씨는 하루 일을 끝내고 지친 몸으로 집이랍시고 캠핑카에 돌아갈 때마다 아이들에게 더없이 미안

한 생각이 들곤 한다. 자기 혼자라면 어디서 지내든 상관없지만 어린 자식들이 둘이나 있는 터에 캠핑카를 집이랍시고 거기서 3년째 지내고 있으니 말은 안 했지만 아이들 보기가 여간 민망한 게 아니었다.

성격이 예민하고 하고 싶은 말은 참지 못하는 큰딸 세미가 집 문제에 대해 별 생각 없이 한마디씩 불쑥불쑥 던질 때면 그는 너무나 민망스럽고 미안한 나머지 가슴이 미어지는 것 같았다.

"아빠, 우리 언제 아파트에 이사 가요? 작년에 간다 해놓고 벌써 1년이 지났잖아요. 아빠 약속도 안 지켜. 새로 이사한 민주 집에 가봤는데 아파트가 궁전 같아요. 그리고 없는 게 없고, 모든 게 자동으로 돼 있어요. 경치가 또 얼마나 끝내주게 좋다구요. 강이 훤히 내려다보이고 한쪽으로는 공원도 보여요. 우린 죽었다 깨어나도 그런 덴 살 수 없을 거예요."

그러면 옆에서 아버지의 눈치를 보면서 가만히 듣고만 있던 다루가 더는 참지 못하고 참견하고 나선다.

"웃기지 마. 그깟 아파트 하나가 뭔데 죽었다 깨어나도 거기서 못 산다는 거야? 말도 안 되는 소리 하지도 마. 더 이상 아빠 괴롭히지 마."

다루는 누나보다 두 살 아래인데도 생각이 깊고 눈치가 빠르다.

결국 오누이는 말다툼을 벌이다가 세미 쪽에서 먼저 훌쩍거리고 울고 만다. 그때쯤에는 다루 아버지는 어느새 슬그머니 자리를 뜨고 없다. 열두 살 또래 아이들에 비해 생각하는 것이나 행동하는 것이 어른스러운 다루는 누나와 말다툼을 벌이다가 캠핑카 생활을 옹호하는 뜻에서 이런 말을 한 적도 있다.

"사람이 세상에 태어나 한곳에 머물러 사는 것처럼 어리석은 일은 없다고 했어."

"누가 그런 말을 했다는 거야?"

"미국의 유명한 여류 추리작가 패트리셔 하이스미스가 한 말이야."

"웃기지 마."

"정말이야. 누나가 뭘 알아야지."

"그 사람이 무슨 추리소설을 썼는데?"

"얼마 전에 티브이에서 상영한 거 봤잖아. '태양은 가득히' 라는 프랑스 영화 말이야. 그 영화의 원작자야. 원래 소설 제목은 '재주꾼 리플리' 인데 르 끌레망 감독이 영화로 만들면서 제목을 '태양은 가득히' 로 바꿨어. 영화가 대성공을 거두는 바람에 우리나라에 번역된 소설도 제목을 '태양은 가득히' 로 바꿔

서 출판했어. 그런데 중요한 것은 그게 아니야. 영화에서는 범인이 붙잡히지만 소설에서는 완전범죄로 끝나. 범인은 다음 소설에 또 등장해서 범행을 저질러. 추리소설이라고 해서 범인이 모두 붙잡히는 건 아니야. 완전범죄도 있어."

세미는 동생을 빤히 쳐다보다가 이렇게 대꾸하고 입을 다물었다.

"넌 아는 게 너무 많아."

다루 아버지는 못 들은 척하고 있었지만 내심 아들의 말을 듣고는 적지 않게 놀라고 있었다.

다루는 가끔씩 열두 살짜리라고는 도무지 생각할 수 없는 말을 할 때가 있는데 그럴 때는 신통하기도 하고 아이가 무서운 속도로 성장하고 있는 것 같아 두려울 때도 있었다. 아이가 너무나 영리해서 좌충우돌하면서 주위를 놀라게 하고 있는데, 집안 형편이 어려워 아이의 성장을 도와주지 못하면 아버지 입장에서 그처럼 가슴 아픈 일도 없을 것이다. 다루 아버지는 그것을 걱정하고 있었다.

다루 아버지는 아들이 알아듣기 어려운 말을 할 때마다 그게 무슨 말인지 이해는 못하지만 아무튼 그 또래의 보통 아이들이 할 수 있는 말은 아니라는 것, 어쩌면 다루의 지능이 대학생 정도의 수준은 되지 않을까 하고 생각하고 있었다. 집안

형편이 어려워 다루에게 과외를 시킨다거나 한 적도 없는데도 아이는 학교 성적이 항상 1위였고, 닥치는 대로 책을 읽어댔다. 하나에서 열까지 모든 것을 혼자 알아서 척척 처리했기 때문에 다루 아버지는 도대체 아들을 위해 도와줄 일이란 게 하나도 없었다.

가만 생각해 보면 다루가 이처럼 천재성을 보이게 된 것은 죽은 제 엄마 때문인 것 같았다. 고학으로 대학을 다니다 사고로 중도에 학업을 그만둔 다루 엄마는 놀라울 정도로 박학다식하고 총명했다. 생전에 손에서 책을 놓지 않았던 그녀는 아이들이 글을 읽을 줄 모를 때부터 곁에서 큰 소리로 책을 읽어주곤 했고, 그런 습관은 아이들이 책을 가까이하는 데 결정적인 도움이 되었다. 두 남매 중에서도 다루 쪽이 유난히 더 책을 읽는 데 적극적이고 열성적이었다. 다루 엄마는 아이들을 폭넓은 독서를 하도록 유도하는 것 외에도 자신이 직접 아이들을 위해 학교 공부를 챙겼다. 틈날 때마다 아이들을 가르치는 게 아니라 시간표를 만들어놓고 엄격하게 그것을 집행했다. 여유가 없어 아이들을 학원 같은 데 보내지 못하는 대신 자신이 직접 과외 선생이 되어 아이들을 가르쳤던 것이다. 워낙 정성 들여 가르쳤기 때문에 아이들의 실력은 쑥쑥 올라갔고, 특히 다루의 경우 학교 공부 외에도 성인들이나 읽을 수 있는 문학과 예술, 사회과학 부문까지도 손을 댔기 때문에 하루가 다르게 변해갔다. 다루 엄마는 아들에게 신문까지 읽게 했기 때문에 그는 최신 뉴스와 세상 돌아가는 모습까지 훤하게 꿰뚫고 있었다.

어느 일요일, 하루는 다루 담임선생이 다루네 캠핑카를 불쑥 찾아왔다. 다루는 놀러 나가고 없을 때였다. 담임선생은 30대 초반의 여자로 아담한 몸매에 총기 어린 눈매를 지니고 있었다.

당황한 문기 씨는 근처 식당으로 그녀를 데리고 가서 점심이라도 대접하려고 했지만 그녀는 차나 한잔하자고 하면서 커피숍으로 들어갔다.

"다루 이놈이, 선생님이 오시면 오신다고 말을 해줘야지……."

당황해서 어쩔 줄 몰라 하는 문기 씨를 보고 오 선생은 커피를 권하면서 웃었다.

"다루는 제가 여기 온 거 모릅니다. 제가 말 안 하고 왔으니까요."

문기 씨는 얼굴이 벌게졌다.

"아시다시피 변변한 집 하나 없고 해서 창피해서 누구를 초대할 수도 없습니다. 진작 인사드렸어야 하는데 죄송합니다."

문기 씨가 머리를 조아리자 오 선생은 황망히 손을 내저었다.

"아, 아니에요. 죄송하긴요. 제가 오히려 죄송합니다. 진작 와 뵀었어야 하는데……."

그녀가 초대받아 간 학생들의 집은 대부분 잘사는 집이었다. 집 안은 약속이나 한 듯 외제 가구들로 사치스럽게 꾸며져 있었고 식탁은 비싼 요리들로 넘쳐났다.

하지만 그녀의 눈에는 그런 것들이 하나같이 잘 보이려고 꾸민 것 같았고, 그래서인지 대접을 받고 있는 동안 내내 불편하기만 했다.

"그런데 어떻게 알고 이렇게 찾아오셨습니까?"

"그냥 알고 있는 학생들에게 물어서 왔습니다."

"학생들이 다루가 차 속에서 살고 있는 걸 알고 있나요?"

"네, 알고 있는 애들이 있더군요."

"소문이 다 났나 보군요. 다루가 창피하겠군요."

문기 씨 얼굴이 다시 벌게졌다. 그러자 오 선생이 정색을 하고 말했다.

"캠핑카에서 사는 게 뭐가 어떻습니까. 외국에서는 캠핑카 생활은 흔히 볼 수 있는 것이고, 배에서 사는 사람들도 있는데 아무렇지도 않게 생각합니다. 살고 있는 집이란 형편에 따라서 얼마든지 달라질 수 있는 거 아닌가요. 다루는 비록 캠핑카에서 살고 있지만 전교 학생 가운데서 가장 우수한 학생인 걸요. 그 또래보다 너무나 뛰어나 장래 문제도 상의할 겸 한 번 부모님을 찾아뵙고 싶었습니다."

비쩍 마른 얼굴에 큼직한 두 눈이 선한 빛을 띠고 있는 문기 씨는 오 선생의 말에 감동 어린 표정을 지었다.

"다루는 남들 많이 다니는 학원 한 번 가본 적이 없습니다. 학원 한 번 다니는 게 소원인데 형편이 어려워 그걸 못 보내고 있습니다."

"하지만 학원 같은 데 안 보내도 학원 다니는 애들보다 오히려 공부를 잘하잖아요. 다루 같은 애가 정말 모범생이에요. 저희 같은 교사 입장에서는 학생들이 학교가 파한 후에 밤늦게까지 학원에 다니는 거 결코 바람직하다고 생각지 않습니다."

"그렇게 말씀하시니 감사합니다."

"다루는 어머님도 안 계시잖아요."

"네, 3년 전에 세상을 떠났습니다."

문기 씨의 표정이 어두워지는 것을 보고 오 선생은 얼른 시선을 돌렸다.

"그 뒤로 쭉 혼자 아이들을 키우셨나요?"

24

"네, 엄마도 없이 지네들이 스스로 알아서 잘 커준 거지요. 전 애비로서 애들에게 정말이지 해준 게 하나도 없습니다. 새벽에 일 나가서 밤늦게 돌아오니까 애들하고 얼굴 맞대고 얘기할 시간도 없습니다."

"엄마도 안 계시는데 애들이 잘 자라고 있으니 정말 다행이네요."

결손 가정 애들한테는 문제가 많이 생긴다는 말을 하려다가 그녀는 그만두었다.

"정말 아이들에게 고맙게 생각합니다. 가만 생각하면 제 엄마가 도와주고 있는 것 같아요. 그렇지 않고서야 아이들이 그렇게 잘 클 수가 없지요."

"정말 그런가 보군요. 다루한테는 누나가 있더군요. 알아봤더니 세미도 공부를 잘하더군요. 오누이가 엄마도 없이 아버님 밑에서 그렇게 공부를 잘하고 별탈 없이 자라는 무슨 특별한 비결이라도 있는가요? 특별한 교육 방법 같은 게 있는지 좀 알고 싶습니다."

그녀는 잔뜩 기대에 찬 눈으로 그를 쳐다보았지만 그는 가볍게 고개를 흔들었다.

"그런 건 없습니다."

"하지만 뭔가 다른……."

"아까도 말씀드렸듯이 전 새벽에 일 나가서 밤늦게 들어 오기 때문에 아이들을 돌봐줄 시간이 없습니다. 시간이 있더 라도 아이들을 돌봐줄 실력도 없구요. 제 생각에는 제 엄마 덕분인 것 같아요."

"돌아가신 다루 엄마가 도와주고 있기 때문이라는 말씀인 가요?"

"아니, 그 말이 아니라… 생전에 제 엄마가 아이들을 붙잡 아놓고 열심히 가르쳤어요. 과외 선생을 부를 수도 없고 학 원 같은 데 보낼 수도 없으니까 대신 자신이 과외 선생 노릇 을 한 거지요. 시간을 정해놓고 아주 열심히 가르쳤어요. 그 것이 결과적으로 효과가 커서 아이들을 스스로 공부할 수 있 게 해준 것 같아요. 제 생각에는 제 엄마의 영향이 가장 큰 것 같아요."

"그렇군요."

오 선생은 이해가 된다는 듯 크게 고개를 끄덕였다.

"쟤들 엄마는 아이들이 글을 읽을 줄 모를 때부터 동화책 을 읽어주곤 했어요. 그러다 보니까 아이들이 하루라도 책을 안 읽어주면 책 읽어달라고 졸라댔어요. 그러다가 나중엔 글 을 읽게 되니까 자기들 스스로 책을 골라서 읽더라구요."

"스스로 책을 읽게 하는 거야말로 가장 좋은 교육이지요.

이제 이해가 되는 것 같습니다."

그녀는 잔에 남아 있는 커피를 마시고 나서 조심스럽게 입을 열었다.

"다루 아버님께 다루 문제로 한 가지 상의드릴 게 있습니다. 다루 장래에 관한 건데 제 생각을 말씀드려도 되겠습니까?"

"아, 네, 말씀하십시오."

문기 씨는 긴장해서 그녀를 바라보았다.

"제가 보기에 다루한테는 천재성이 있습니다. 다루 같은 아이가 제 반에 있다는 것은 저한테는 큰 행운입니다. 하지만 한편으로는 걱정도 됩니다. 솔직히 말씀드리면 부담이 됩니다."

"그게 무슨 말씀입니까?"

다루 아버지가 근심 어린 얼굴로 물었다.

"저 같은 일반 교사가 가르치기에는 다루는 너무 벅찬 학생입니다. 아직 우리나라에는 천재들을 가르칠 수 있는 교사나 시설 같은 게 없습니다. 그래서 천재들이 제 빛을 발휘하지 못한 채 사라지고 있는 실정입니다."

문기 씨는 어리벙벙한 표정이 되어 잠시 오 선생을 멀거니 바라보다가 말했다.

"다루가 영리한 것은 알지만 천재라니요. 당치도 않은 말씀입니다."

"아닙니다. 천재가 분명합니다. 제가 드리고 싶은 말씀은, 앞으로 다루에게는 그 애한테 맞는 교육을 시켜야 한다는 겁니다. 그렇지 않으면 다루의 천재성은 빛을 잃고 일반 학생들 속에 섞여서 사그라지고 말 겁니다. 그걸 알면서 그대로 방치한다는 것은 너무나 안타까운 일입니다. 천재는 그대로 두면 보통 애나 다름없는 아주 평범한 사람이 되고 맙니다. 아니면 바보가 될 수도 있어요."

그의 표정이 천천히 어두워졌다. 그는 머뭇거리다가 입을 열었다.

"그럼 어떻게 해야 합니까?"

"제 생각에는 외국에 유학을 보내는 게 가장 좋은 방법인 것 같습니다. 일단 언어를 마스터하고 나면 무서운 속도로 외국 학생들을 따라잡을 거예요. 그리고 그들을 추월할 거예요."

"아이구, 무슨 말씀을 그렇게……. 외국 유학이라니요. 당치도 않습니다."

문기 씨는 손사래를 치면서 고개를 흔들었다. 그런 그의 모습을 가만히 지켜보다가 오 선생은 말했다.

"다루의 장래를 생각하신다면 외국에 보내는 게 최상의 방법입니다."

"말씀은 알겠는데 제 능력으로서는 도저히 불가능한 이야기입니다. 생각해 주셔서 고맙긴 하지만, 제 형편으로는 하루하루 먹고살기도 힘든 처지라 어떻게 해볼 수도 없습니다. 조금 있으면 중학교에 보내야 하는데 그것도 사실은 부담이 됩니다."

오 선생은 그가 눈치채지 못하게 가만히 한숨을 내쉬다가 갑자기 밝은 목소리로 입을 열었다.

"다루는 내후년에 중학교에 들어가야 합니다. 그런데 일반 학생들이 다니는 중학교에 입학해서는 안 됩니다. 다루는 일반 중학교의 교과 과정이 너무나 뻔해서 금방 싫증을 느끼고 학교생활에 적응을 못한 채 겉돌게 될 겁니다. 아버님이 어려우시다면 제가 한번 외국에 유학 가는 길이 있는지 알아보겠습니다. 혹시 다루 같은 특별 관리가 필요한 학생들을 위한 장학제도가 있을지도 모르니까요. 아니면 국내 대학이나 연구 기관 같은 데서 엘리트 중심의 특별 교육을 시행하고 있는 곳이 있을지도 모르니까 알아보겠습니다. 만일 다루가 혹시 유학을 가게 되면 허락을 해주시겠습니까?"

"장학금을 받고 간다면야 제가 반대할 이유가 없지요. 오히려 감사해야지요."

장학금이란 말에 문기 씨는 감격에 겨운 나머지 목소리까지 잠기는 것 같았다.

"꼭 된다고 약속할 수는 없지만 힘닿는 데까지 알아보겠습니다. 다루를 맡고 있는 담임으로서 책임감을 느끼고 있기도 하지만, 만일 다루가 천재성을 마음껏 발휘할 수 있는 곳에서 공부에 전념할 수만 있다면 얼마나 보람 있는 일이겠습니까?"

"감사합니다. 정말 감사합니다."

문기 씨가 머리를 조아리자 오 선생은 손을 내저었다.

"감사하긴요. 당연히 해야 할 일인 걸요. 전 다루가 제가 맡고 있는 반에 있다는 것이 더없이 기쁘기만 합니다. 실례지만 다루 아버님은 무슨 일을 하고 계시는가요?"

"공사판에서 일하고 있습니다. 막노동이지요."

오 선생의 시선이 커피잔을 만지작거리고 있는 문기 씨의 투박한 손 위에 잠시 머물렀다. 흡사 갈쿠리처럼 생긴 그 손은 크고 거칠어 보였다.

그녀의 시선을 의식했는지 문기 씨가 슬그머니 탁자 밑으로 손을 내렸다. 그는 자기가 하고 있는 일에 대해 더 이상 말하지 않았고, 여선생도 거기에 대해 더는 묻지 않았다.

문기 씨는 건설 공사장에서 막노동을 했다. 이른 아침 7시부터 일을 시작하면 저녁 6시경에야 일이 끝나곤 했다. 벽돌이나 시멘트를 져 나르기도 하고, 철근을 잘라서 고정시키고, 시멘트 반죽을 고르는 등 공사판 일은 한마디로 중노동이었다. 하루 일이 끝나면 온몸이 파김치가 되어 손가락 하나 까닥하기 싫었다.

그러나 공사판 일이 끝나면 또 다른 일이 그를 기다리고 있었다. 그것은 변두리에 있는 나이트클럽에 나가 연주를 해주는 일이었다. 여러 가지 악기를 다룰 줄 아는 그는 밤늦게까지 연주를 해준 다음에야 집으로 돌아올 수 있었다. 예전 같으면 엘비스 프레슬리 흉내를 내면서 노래도 불렀겠지만 목을 다친 후부터는 악기밖에 다룰 수가 없었다.

그런데 그렇게 고생해서 번 돈은 그에게 단 한 푼도 들어오지 않고 모두 빚쟁이의 손으로 넘어갔다. 빚쟁이는 빚을 받아내기 위한 방편으로 그에게 나이트클럽을 소개해 주었고, 그는 하는 수 없이 거기서 피곤한 몸을 이끌고 밤늦게까지 연주를 해야 했다.

그런데 빚쟁이는 거기서 그치지 않고 그가 공사판에서 버는 돈까지, 입에 근근이 풀칠이나 할 수 있을 정도의 돈만 남겨두고 나머지는 모두 가차 없이 갈취해 갔다.

문기 씨는 그놈의 빚 때문에 몇 년째 이러지도 저러지도 못하고 있었다.

그에게 있어서 빚은 창살 없는 감옥이나 다름없었다. 거기에 몇 년째 옭매인 그는 옴치고 뛸 수도 없었고, 그래서 그의 생활은 송두리째 빚 갚는 데 바쳐지고 있었다.

갑자기 급전이 필요하게 된 것은 다루 엄마의 치료 때문이었다. 어느 날 몸이 좋지 않아 병원에 들렀던 그녀는 간암 말기라는 판정을 받았고, 두세 군데 다른 병원에서 받은 진단 결과도 마찬가지였다. 그녀는 남편에게 알리지 않은 채 며칠을 보내다가 수원에 살고 있는 동생을 찾아가 속내를 털어놓았다. 자기가 죽으면 아이들을 부탁한다는 말에 하나뿐인 동생은 화를 벌컥 냈다. 치료도 해보지 않고 벌써부터 포기하는 게 말이 되느냐, 아이들을 생각해서라도 어떻게든 살아야 한다, 병이란 혼자 숨기고 있다고 치료가 되는 게 아니라고 하면서 그녀는 즉시 다루 아버지에게 사실을 알렸고, 그때부터 다루 엄마는 병원에 살다시피 하면서 치료를 받게 되었다.

의사는 가망이 없다고 했지만 다루 아버지는 의사 말을 믿지 않고 어떻게든 살려보려고 백방으로 수소문하면서 뛰어다녔기 때문에 여기저기서 끌어다 쓴 돈이 자그마치 1억 원이 넘었다. 아파트 전세금을 빼내고, 그것도 모자라 은행에서 대출까지 받으려고 했지만 담보로 잡힐 만한 것이 없어서 더 이상 돈을 마련할 수가 없었다. 하는 수 없이 이자가 턱없이 높은 줄 알면서도 사채를 4천만 원 가량 빌렸는데 그것이 덫이었다.

어떻든 그런 노력도 보람 없이 다루 엄마는 결국 1년도 못 넘기고 세상을 떠나고 말았다.

그리고 그때부터 다루 아버지의 빚과의 전쟁이 시작되었다. 일단 사채의 덫에 걸리자 그는 거기서 발목을 빼낼 수가 없었다. 살인적인 이자는 날로 불어나더니 원금을 훨씬 앞질렀고, 덫은 갈수록 더욱 그를 조여들었다. 너무나 시달린 나머지 그는 자살까지 생각했다.

그러나 죽은 아내와 아이들을 생각해서 그럴 수가 없었고, 생각을 고쳐먹은 그는 이를 악물고 빚을 갚아 나가기 시작했다.

3년 동안을 그렇게 갚아 나가다 보니 그동안 불어났던 빚은 1억 원 정도로 줄어 있었다.

하지만 빚을 모두 갚기까지는 아직도 상당 기간이 필요했다. 그동안 혹시 몸이라도 아파 몸져눕기라도 하는 날에는 빚은 다시 눈덩이처럼 불어나게 될 것이고, 그것이야말로 그가 가장 걱정하는 일이었다.

캠핑카는 빚에 쫓기고 있는 생활 속에서 궁여지책으로 생긴 것이었다. 전세금까지 빼내 아내 치료비로 써버린 바람에 당장 기거할 수 있는 곳이라고는 방 하나짜리 사글셋방밖에 없었다.

　그러나 사글셋방도 매월 상당액의 방세를 꼬박꼬박 지불해야 하기 때문에 그에게는 벅차기만 했다. 잘못하다가는 거리로 나앉게 될지도 모르게 되었을 때 그의 처제가 그의 딱한 처지를 알고는 집에 처박아두었던 캠핑카를 나중에 돈 벌면 갚으라고 하면서 그에게 그냥 넘겨주었다.

　그것은 처제의 남편이 사용하던 것이다. 처제의 남편은 수년 전 국회의원 선거에 출마하면서 선거용으로 사용하려고 캠핑카를 구입, 차 외벽에다 선전용 벽보를 덕지덕지 붙이고 다녔는데, 선거에 낙선한 뒤 거액을 날린 데다 불법 선거운동 등으로 그 후유증이 심해 한동안 캠핑카를 몰고 전국을 돌아다니기도 했다.

　그러다가 느닷없이 중국산 싸구려 물건들을 수입하여 파느라고 중국을 뻔질나게 드나드는 바람에 캠핑카를 몰고 다닐 여유가 없었고, 그래서 그것은 거의 방치되다시피 주차장에서 먼지만 뒤집어쓰고 있다가 결국 문기 씨의 손에 들어오게 되었던 것이다.

　문기 씨는 캠핑카를 아주 유용하게 이용했다. 내부를 세 식구가 기거할 수 있게 꾸미고, 차 외벽은 엘비스 프레슬리가 노래하는 모습을 그린 그림으로 치장했다.

다루네 캠핑카는 주변에 어느 정도 소문이 나 이제는 '엘비네 집'으로 불리기도 했다. 사람들은 엘비스라는 이름을 부르기 쉽게 엘비로 줄여 부른 것이다.

지옥을 지키는 개 • • • 🐕

후줄근한 모습으로 캠핑카 안으로 들어선 문기 씨는 이상한 소리에 주위를 두리번거렸다. 아이들은 탁자 앞에 마주 앉아 무언가를 열심히 들여다보고 있다가 그를 보고는 형식적으로 인사를 하고는 다시 탁자 위로 상체를 웅크렸다.

문기 씨가 다가가 보니 갓 태어난 듯 보이는 조그만 강아지 한 마리가 열심히 아기용 젖꼭지를 빨아대면서 옹알거리고 있었다.

"그게 뭐니?"

문기 씨는 날카롭게 물었다.

"강아지예요."

보면 모르느냐는 듯 다루가 쳐다보지도 않고 말했다.

"어디서 난 거야?"

"길에서 주웠어요."

"뭐어? 뭐하러 그런 거 주워오니? 당장 갖다 버려!"

"안 돼요!"

아이들은 약속이나 한 듯 단호하게 말했다.

"그걸 어쩌겠다는 거야? 여기서 기르겠다는 거냐?"

"네, 그럴 거예요."

"뭐라고? 이 좁은 데서 개까지 기르겠다고? 말도 안 되는 소리 하지도 마."

아무리 어린아이들이라고 하지만 분별력이 없는 그 어리석음에 그는 화가 났다.

"뭐하고 있는 거야? 빨리 갖다 버려!"

"안 돼요! 기를 거예요!"

"이렇게 불쌍한 거 버리면 죄받아요!"

아이들이 이구동성으로 대드는 바람에 문기 씨는 그렇지 않아도 피곤한데 짜증이 났다.

"쓸데없는 소리 하지 마. 안 된다면 안 되는 줄 알아."

아버지의 엄숙한 말에 오누이는 수그러들었다. 그렇다고 주장을 거둬들인 것은 아니었다.

문기 씨가 캠핑카 뒤쪽으로 가서 옷을 갈아입고 있는데 세미가 울먹이는 소리로 말했다.

"아빠, 정말 안 돼요? 한쪽 눈도 없고 너무 불쌍하단 말이에요. 갖다 버리면 죽을 거예요."

옷을 갈아입다 말고 그는 멈칫했다. 한쪽 눈이 없다는 말에 그냥 무시해 버릴 수 없는 무엇인가를 느낀 것이다.

그는 천천히 아이들 쪽으로 다가가 보았다. 주머니 속에 넣고 다녀도 될 정도로 조그만 강아지는 옆으로 누워서 쌔근거리고 있었다. 너무나 많이 먹은 탓인지 배가 개구리처럼 부풀어 올라 있었다.

"너무 많이 먹이면 안 돼. 잘못하면 죽어."

문기 씨가 비로소 관심을 보이며 말했다.

"많이 굶었나 봐요. 우유를 주니까 정신없이 빨아요."

아기용 분유와 우윳병까지 마련해 놓은 것을 보면 아이들은 아예 강아지를 기르려고 작정을 한 모양이다.

"어미는 없냐?"

"없어요."

"왜 없어?"

다루는 골목에 있는 엘비스 프레슬리 술집 옆에 쌓여 있던 쓰레기더미에서 강아지를 발견하게 된 경위를 아버지에게 자세히 이야기해 주었다.

"모두 네 마리가 있었는데 이것만 살아 있고 나머지는 모두 죽어 있었어요. 이게 울고 있었어요. 꼭 저를 부르는 것 같았어요."

"개를 갖다 버리다니 나쁜 사람들이구나."

문기 씨는 손가락 끝으로 만지면 바스라질 것 같은 강아지 얼굴을 조심스럽게 건드려 보았다.

"정말 한쪽 눈이 없구나. 눈이 왜 이런 거지?"

움푹 들어간 채 짓물러 있는 왼쪽 눈을 측은한 듯 들여다보면서 그는 중얼거렸다.

"고양이가 파먹은 것 같아요. 죽은 새끼들은 머리도 없고, 다리도 없고… 아주 끔찍했어요. 도둑고양이들이 쓰레기더미 위에 있는 걸 봤어요."

"한쪽 눈이 없는 걸 알고 가져왔니?"

"네. 그래서 더 불쌍했어요."

하마터면 다루는 '엄마도 한쪽 눈이 없어서 얼마나 불쌍했어요' 하고 말할 뻔했다. 미묘한 침묵이 흐른 뒤 문기 씨가 먼저 입을 열었다.

"병원에 가서 치료를 해야겠다. 이대로 두면 썩을 거야."

"치료하면 눈을 뜰 수 있어요?"

"그건 안 될 거야. 눈알이 없잖아. 썩지 않게 치료만 할 수밖에 없어. 목욕은 시켰니?"

"네, 오자마자 목욕부터 시켰어요. 얼마나 더럽고 냄새가 지독했다구요."

"아빠, 예쁘죠? 귀여워 죽겠어요."

하고 세미가 말했다.

"아빠, 여기서 길러도 되는 거죠?"

유씨는 잠자코 있다가 마지못한 듯 고개를 끄덕였다.

"그 대신 똥오줌 깨끗이 치우고 거추장스럽지 않게 해야 한다?"

"그런 건 문제 없어요. 아빠, 고마워요!"

"암놈이냐, 수놈이냐?"

"암놈이에요!"

하고 세미가 큰 소리로 말했다.

"왜 하필 암놈이지."

유씨는 중얼거리다가 말았다.

"암놈이 새끼도 낳고 좋잖아요."

다루가 냉큼 받아서 말했다.

"이 좁은 데서 새끼까지 낳으면 어떡하려고?"

"기르죠, 뭐. 이 강아지가 새끼 낳을 때쯤이면 우리도 큰 데로 이사 갈 거 아니에요."

세미의 거침없는 말에 유씨는 그만 어이가 없었다.

큰 데로 이사 갈 수 있다면야 개가 얼마든지 새끼를 낳아도 상관없다.

하지만 그런 일은 결코 일어나지 않을 거라는 것을 그는 잘 알고 있었다.

"아빠, 그런데 다루가 개 이름이라고 지었는데 아주 웃겨요."

"벌써 지었어? 뭐라고 했는데?"

"케르베로스요."

"뭐라고?"

"케르… 베로스라구요."

세미는 힘주어 말했다.

"무슨 이름이 그래? 개 이름은 부르기 쉽게 간단한 게 좋잖아."

"그러게 말이에요. 아빠 말씀이 맞아요. 아빠, 핑크는 어때요?"

"핑크? 그거 괜찮구나."

그러나 다루의 주장은 확고했다. 자기가 주워온 개니까 자기가 이름을 짓겠다는 거였고, 케르베로스는 하나도 복잡하지 않다고 말했다.

"시시한 이름은 싫어요. 이 강아지는 특별하게 살아남은 거니까 이름도 특별해야 해요. 저는 이 강아지를 특별하게 기를 거예요."

"눈도 한쪽밖에 없는데 어떻게 특별하게 기른다는 거니?"

누이가 빈정거렸지만 다루는 개의치 않고 말했다.

"눈이 하나밖에 없다고 무시하면 되는 거야? 눈이 하나밖에 없으니까 난 더 특별하게 기를 거야. 두고 보라구. 아주 멋진 개가 될 거야."

"잘해봐."

강아지를 기르게 돼서 속으로는 몹시 기뻤지만 세미는 괜스레 심술이 나서 콧방귀를 뀌었다. 다루가 자기가 강아지를 주워왔다는 이유로 그것을 무슨 물건처럼 독차지하려는 바람에 비위가 상했던 것이다.

두 남매가 주고받는 말을 잠자코 듣고 있던 유씨가 물었다.

"그런데 그 케르베르젠가 뭔가 그게 무슨 뜻이니? 이름이 너무 어려워서 난 못 외우겠다."

"케르베로스요. 그건……."

다루가 막 설명하려는 것을 세미가 냉큼 가로채서 말했다.

"그건 말이에요, 아주 웃겨요. 머리는 셋이고 꼬리는 뱀인데, 지옥을 지키는 개래요."

"지옥을 지킨다구?"

"그렇대요."

"왜 하필 지옥이냐?"

"모르겠어요."

세미는 고개를 흔들고 나서 다루를 향해 턱을 내밀었다. 다루는 정색을 하고 말했다.

"지옥을 지키는 개는 아주 중요한 역할을 하고 있어요. 지옥에 들어갈 놈은 딱 골라서 집어넣고, 한 번 지옥에 들어간 놈은 지옥에서 탈출하지 못하게 막아주는 거예요."

"듣고 보니까 그렇구나."

유씨는 아들이 그런 이름을 어떻게 알아냈는지 궁금했지만 더 이상 묻지는 않았다.

다음 날 다루는 학교에서 돌아오자마자 케르베로스를 안고 동물병원으로 달려갔다. 다루가 먼저 말하지 않았는데도 불구하고 아버지는 일하러 나가기 전에 그에게 5만 원이나 주면서 강아지를 병원에 데리고 가서 진찰을 한 번 받아보라고 했던 것이다.

그것만으로도 아버지가 얼마나 강아지한테 관심이 있는지

알 수가 있을 것 같아 다루는 가슴이 뿌듯했다.

많이 먹어서 배불뚝이가 된 강아지는 거의 정신을 못 차린 채 혼미 상태에 있었다. 강아지를 진찰하고 난 젊은 수의사는 이렇게 말했다.

"상태가 안 좋으니까 며칠 입원시키는 게 좋겠다. 너무 쇠약해서 잘못하면 죽을지도 몰라. 그리고 갓 태어난 놈한테 이렇게 많이 먹이면 안 돼. 어미가 이렇게 많이 먹였나 보구나."

'동물사랑병원' 원장 배철수는 안경 너머로 작은 두 눈을 껌벅이며 말했다. 작달막한 키에 혈색 좋은 둥그스름한 얼굴의 그는 인상이 좋은 데다 친절해서 특히 어린이들에게 인기가 있었다.

"엄마가 없어요. 고아예요."

"그래? 쯧쯧, 안됐구나. 눈은 왜 이렇게 됐지?"

원장은 고무장갑을 낀 손으로 강아지의 왼쪽 눈을 조심스럽게 벌려보았다.

"고양이가 파먹은 것 같아요."

"고양이가?"

이상한 말 다 듣겠다는 듯 원장은 고개를 꺄우뚱하면서 다루를 쳐다보았다.

"쓰레기더미에 버려져 있었어요. 모두 네 마리였는데 이놈만 살아 있었어요."

"그래애?"

원장은 자못 놀라는 표정으로 강아지의 눈을 다시 들여다보다가 이윽고 고개를 크게 끄덕이면서 기특하다는 듯 다루를 쳐다보았다.

"으음, 그랬구나. 그럼 네가 이놈을 살린 거구나. 네가 기를 거니?"

"네, 기를 거예요."

"눈도 하나밖에 없는데?"

"그러니까 길러야죠."

원장은 눈을 크게 뜨고 조금은 감동한 듯한 표정으로 다루를 응시했다.

"우리나라 사람들은 입양아를 고를 때 잘생기고 건강한 아이만 찾지만 선진국 사람들은 오히려 못생기고 병약한 불구 아동을 입양해서 온 정성을 다해 기른다잖아요. 전 그게 옳은 정신이라고 봐요."

원장은 어리둥절한 얼굴로 다루를 쳐다보았다.

"그런 건 어떻게 알았지? 학교에서 선생님이 그렇게 말씀하시던?"

"아뇨. 신문에서 봤어요."

"너 그럼 신문도 보니?"

"네. 매일 빼놓지 않고 봐요."

"신통하구나. 벌써 신문을 읽다니……."

원장은 다루의 머리를 쓰다듬어 주면서 중얼거렸다.

"눈이 하나밖에 없으니까 길러야 한다는 생각, 정말 좋은 생각이다. 병들고 약하다고 해서 동물을 버리면 안 되지. 그럴수록 돌봐야 해. 그건 곧 인류애와 통하는 거야."

다루는 원장과 생각이 통하는 것 같아 기뻤다.

"눈 고칠 수 없을까요?"

원장은 고개를 흔들었다.

"그건 어려울 것 같다. 안됐지만 눈알이 아예 없거든."

원장은 강아지에게 주사를 세 대나 놓았다.

"저기, 입원비는 얼마나 될까요?"

걱정스러운 듯 묻는 소년을 원장은 물끄러미 바라보다가 되물었다.

"얼마나 될 것 같니?"

다루는 고개를 흔들었다.

"모르겠어요. 입원비가 많으면 입원시킬 수 없어요. 이게 전부예요."

다루는 5만 원을 꺼내 진찰대 위에 올려놓았다. 원장은 거기에는 손도 대지 않은 채 다루의 초라한 차림새가 신경이 쓰이는 것 같았다.

"부모님은 뭐하시니?"

"어머님은 안 계시고… 아빠는 아파트 공사장에서 일하세요."

"음, 그래."

다루는 입원시키지 못할까 봐 걱정이 돼서 잠자코 케르베로스를 쓰다듬기만 했다.

원장은 진료 카드에 적힌 주소를 들여다보더니,

"네가 엘비네 집에 사는 그 똑똑한 소년이구나."

그 말에 다루는 얼굴이 빨개졌다.

"엘비네 집에 사는 건 맞지만 전 별로 똑똑하지 않는데요."

"그래? 겸손하구나. 그건 그렇고, 에또… 입원비는 내지 않아도 된다. 치료는 해보겠지만 살아난다는 보장은 없어. 혹시 죽더라도 날 원망하지는 마."

"알겠습니다. 고맙습니다."

다루는 고개를 깊이 숙였다.

케르베로스를 병원에 입원시키고 캠핑카로 돌아가면서 다루는 어쩌다가 내가 똑똑한 소년으로 알려졌을까, 하고 생각했다.

그런 말을 듣는 게 기분이 좋기는 하지만 조금은 부담스러운 느낌이 들었다. 그가 생각하기에는 그냥 특별하거나 모나지 않고 평범한 것이 좋은 것 같았다.

그날 밤늦게 귀가한 유씨는 강아지부터 찾았다. 다루가 강아지를 동물병원에 입원시키게 된 사연을 이야기하자 그는 조금 놀라는 것 같았다.

"입원비를 무료로 해주다니 고마운 분이구나."

"치료비도 안 받았어요."

다루가 5만 원을 도로 꺼내 놓자 다루 아버지는 나중에 원장님에게 선물이라도 하나 해야겠다고 말했다.

모두가 걱정했던 것과는 달리 케르베로스는 위험한 고비를 넘기고 빠른 속도로 건강을 회복해 나갔고, 그와 함께 강아지로서의 본능을 보여주기 시작했다.

낑낑거리면서 보채고, 계속 젖꼭지를 빨아대려고만 하고, 품속으로 파고들기만 하는 것이 엄마 품이 그리운 모양이었다.

하나밖에 없는 오른쪽 눈은 유난히 크고 투명해 보였고, 깊이를 알 수 없는 호수 같아서 그 안에 알 수 없는 그 무엇인가를 간직하고 있는 것 같았다.

누가 그렇게 부르자고 한 것도 아닌데 케르베로스는 슬그머니 케르로 통하게 되었다.

이름이 길다 보니 부르기가 까다롭고 해서 누군가가 간단히 '케르!' 하고 불렀고, 사람들은 거기에 금방 친숙해진 것 같았다.

케르는 눈에 띄게 빠른 속도로 성장했다. 한 달이 지나자 제법 짖어대기까지 하면서 바닥에 구르기도 하고 여기저기 뛰어다니면서 닥치는 대로 물어뜯었다. 완전히 건강을 회복한 케르는 집안의 귀여움을 독차지하면서 이제는 다루네 집안의 어엿한 식구로 대접받게 되었다. 반으로 접힌 약간 큰 귀를 나풀거리며 뛰어다니다가 갑자기 멈춰 서서는 고개를 갸우뚱한 채 외눈으로 빤히 쳐다볼 때는 측은하기도 하고 귀엽기도 해서 으레 아이들은 서로 먼저 케르를 안아보려고 쟁탈전을 벌이곤 했다.

다루네 식구 가운데 다루 아버지 유씨만은 애틋한 감정으로 케르를 대하고 있었다. 케르를 볼 때마다 죽은 아내가 자꾸만 생각나서 함부로 강아지를 대할 수가 없었다.

그 같은 감정은 처음 강아지를 보았을 때부터 이미 느꼈던 것이다.

그는 그것을 부인하려고 해보았지만 그럴수록 더욱 케르

와 아내를 이어주는 연줄 같은 것이 느껴져서 그 애틋함이 더해지는 것 같았다. 케르가 애꾸눈만 아니었어도 그와 같은 느낌은 들지 않았을 것이다. 자기를 보는 유씨의 시선이 남다르다는 것을 눈치챘는지 케르도 유씨가 손을 벌리면 장난질을 삼가고 갑자기 꼬리를 내리면서 얌전하게 안기는 것이었다.

케르를 안을 때마다 그는 불현듯 혹시 죽은 아내가 환생한 것이 아닌가 하는 생각이 들 때가 있었고, 그럴 때면 그는 서둘러 그런 생각을 지우려고 애를 쓰곤 했다.

그는 환생 같은 것은 믿지 않았다. 하지만 아내가 세상을 떠난 지 3년 만에 왜 하필이면 외눈박이 강아지가 느닷없이 생겼단 말인가. 두 눈이 제대로 박힌 놈이 들어왔다면 그런 생각이 들지 않았을 것이다.

어느 일요일, 목탁 두드리는 소리에 나가보니 안경을 낀 중년의 스님 한 분이 서 있었다. 캠핑카에 스님이 찾아와 공양을 구하기는 처음 있는 일이라 그냥 보낼 수가 없었다. 나뭇가지에 걸려 있는 옷가지와 밖에서 강아지와 함께 놀고 있는 아이들을 보고 캠핑카에 사람이 살고 있다고 생각한 것 같았다.

유씨는 시주를 하고 나서 스님을 밖에 놓여 있는 탁자로 안내한 다음 주스를 한 잔 대접했다. 그리고 이런저런 이야기를 나누고 있는데 스님이 문득 케르를 가리키며 '어, 한쪽 눈이 없네?' 했다.

"어쩌다가 저리됐나?"

"사연이 좀 있습니다."

"무슨 사연?"

유씨는 조심스럽게 입을 열었다.

"3년 전에 집사람이 암으로 세상을 떠났는데… 한쪽 눈이 없었습니다. 사고로 왼눈을 잃었습니다. 그런데 얼마 전에 우리 애가 골목에 있는 쓰레기더미에서 다 죽어가는 강아지를 한 마리 주워왔는데 왼쪽 눈이 없었습니다. 누가 거기다 갖다 버린 모양인데 네 마리 가운데 저놈 한 마리만 살아 있었답니다. 다른 놈들은 고양이가 잡아먹고 해서 아예 형체가 없었답니다. 저놈도 고양이가 눈알을 파먹어서 저리된 모양인데……."

"야! 이리 와봐라!"

스님이 갑자기 케르를 손짓해 부르자 케르는 조용히 다가와 외눈으로 스님을 빤히 쳐다보다가 혀로 그의 손을 핥았다.

"고놈 참 영리하게 생겼다."

스님은 케르를 쓰다듬어 주면서 고개를 끄덕였다.

"스님, 이런 말씀을 여쭤도 될는지 모르겠습니다만……."

스님은 힐끗 그를 쳐다보고 나서 머리 위에서 산들거리고 있는 나뭇잎을 올려다보았다.

"이놈을 볼 때마다 혹시 집사람이 환생한 것이 아닌가 하는 생각이 듭니다만… 지나친 생각이라는 건 압니다만… 좀 혼란스러워서……."

스님은 자리를 털고 일어섰다.

"잘 키우세요. 제 몫은 할 놈이니까."

스님은 휘적휘적 걸어가다가 나무 위에 올라가 있는 다루를 발견하고는 '네가 저 강아지를 주워왔냐?' 하고 물었다. 그렇다고 하자 다루에게 나무에서 내려와 보라고 말했다. 다루가 내려오자 스님은 그를 빤히 쳐다본 다음 그의 머리를 쓰다듬으면서 장래 뭐가 되고 싶으냐고 물었다.

"글쎄요. 생각해 보지 않았는데요."

"음, 참 영리하게 생겼다. 넓은 데로 나가 공부하는 게 어떠냐?"

"넓은 데로요? 여기도 넓은데요."

스님은 다루를 찬찬히 쳐다보다가 갑자기 너털웃음을 웃으며 사라졌다.

"그놈 참……."

케르의 활약 • • • 🐕

다루네 캠핑카가 주차해 있는 곳은 대단지 아파트 인근에 있는 야산 초입이었다. 그 야산은 부근에 아파트 단지가 생기면서 땅값이 크게 올랐고, 눈독을 들이고 있던 대형 건설업체에서 이미 그 야산을 구입, 언젠가는 아까운 숲을 밀어낸 다음 또 수천 세대의 아파트를 지을 것이라는 소문이 파다하게 퍼져 있었다.

만일 그게 사실이고 정말로 공사가 시작된다면 다루네는 캠핑카를 몰고 다른 곳으로 장소를 옮기지 않을 수 없는데, 사실 캠핑카를 장기간 주차해 놓을 수 있는 장소를 찾는다는 것이 그렇게 쉬운 일은 아니었다.

몇 달이 지나자 케르는 더 이상 강아지라고 부를 수 없을 정도로 커버렸다. 목소리도 커지고, 먹는 양도 많아지고, 차지하는 공간도 훨씬 넓어졌다.

그러나 좁은 캠핑카 안에서 방해가 되지 않게 자신이 잘 알아서 처신하고 있었다.

놈은 아주 영리해서 두서너 번 반복해서 가르치면 잊지 않고 그대로 답습하곤 했다.

다루는 시간만 나면 케르를 가르치고 훈련시켰다. 그 가운데서도 슈퍼마켓 다녀오기 훈련은 사람들을 놀라게 할 정도로 성공을 거두어 케르는 단번에 유명해지고 말았다.

다루는 슈퍼마켓에 갈 일이 있으면 돈이 들어 있는 지갑을 케르의 입에 물려준 다음 '케르, 슈퍼에 좀 다녀와. 슈퍼. 알았어?' 하고 속삭여 준다. 그러면 케르는 잽싸게 일어나 아파트 단지 안에 있는 슈퍼마켓을 향해 달려간다. 가는 동안 입에 물고 있는 지갑을 결코 놓는 법이 없다. 케르가 그 지갑을 입에서 내줄 때는 슈퍼마켓 주인을 만났을 때이다. 슈퍼 주인이 반색을 하며 이마를 쓰다듬어 주면 케르는 그제야 지갑을 내주고, 슈퍼 주인은 지갑 안에서 돈과 편지를 꺼낸다. 편지에 '무슨 라면 두 개에 건빵 한 봉지, 계란 두 개 보내주세요'라고 쓰여 있으면 주인은 주문한 것들을 챙긴 다음 잔돈까지 계산해서 지갑과 함께 비닐봉지에 넣어서 케르에게 내준다. 그러면 케르는 비닐봉지를 입에 물고 캠핑카를 향해 쏜살같이 달려간다. 심부름을 무사히 마치고 나면 다루는 수고비로 케르에게 건빵 몇 개를 던져 주고, 케르는 그것이 맛있어서 어쩔 줄 몰라 한다.

케르는 슈퍼마켓 심부름에 한 번도 실수한 적이 없었다. 동네 아이들은 혼자서 슈퍼마켓 심부름을 능숙하게 해내는 케르를 보면 환호성을 지르며 따라왔고, 어른들은 기특하다는 듯 쳐다보곤 했다.

성년이 되면서 케르의 외모는 더욱 멋있게 변해갔다. 강아지 때 잿빛이었던 털은 까만색으로 변했는데, 그것은 너무 까매서 햇빛을 받을 때는 마치 기름을 칠해놓은 듯 반들반들 빛이 났다.

그런데 유독 턱에서 가슴 부위까지는 마치 반달곰처럼 하얀 털로 덮여 있었다. 다리는 길었고 꼬리까지 길었다.

한 가지 흠이 있다면 눈이 하나밖에 없다는 점이었다. 하지만 그건 어쩔 수 없는 일이었다. 하나밖에 없어서 그런지는 몰라도 케르의 외눈은 더 크고 투명하게 빛나고 있었다.

어느 추운 겨울밤. 다루는 슈퍼마켓에 가기 싫어 또 케르를 보냈다. 그런데 심부름을 다녀온 케르가 마구 짖어대며 그의 옷을 끌어당기는 것이었다. 무슨 일인가 싶어 밖으로 나가자 케르는 아파트 단지 쪽으로 마구 달려갔다.

"왜 그래? 무슨 일이야?"

다루는 짜증을 내며 따라가 보았다. 케르는 어느 아파트 건물 앞에 서 있는 정원수들 사이로 사라지더니 그 안쪽에서 마구 짖어대는 것이었다.

다루가 정원수들을 헤집고 들어가 보니 정원에 사람이 누워 있었다. 꼼짝도 하지 않고 있는 것이 죽었거나 의식을 잃은 것 같았다. 경비원에게 알리자 잠시 후 주민들이 뛰쳐나왔고, 화단에 쓰러져 있는 사람은 10층에 살고 있는 30대의 주부임이 밝혀졌다.

그녀는 아직 숨이 붙어 있었고, 앰뷸런스가 달려와 그녀를 병원으로 싣고 가 응급처치를 하자 얼마 후 깨어났다. 그녀는 남편과 자식들을 보자 왜 자기를 살려줬느냐고 하면서 대성통곡했다. 그녀는 남편과 불화가 심해 견디다 못해 죽기 위해 베란다에서 뛰어내렸던 것인데, 그만 나뭇가지에 부딪쳐 충격이 완화되는 바람에 죽지 않고 의식을 잃고 있었던 것이다.

"빨리 발견되었기 망정이지 한 시간만 늦었어도 얼어 죽었을 거예요."

의사의 이 말은 금방 소문이 되어 퍼져 나갔고, 그 주부를 살린 개와 소년에 대한 이야기가 아파트 단지를 뜨겁게 달구었다.

처음에는 개를 데리고 있는 소년이 경비실에 뛰어와 신고를 하고는 사라져버렸기 때문에 경비원은 소년의 이름을 알지 못했다. 나중에야 생각나서 알아보았지만 쉽게 찾을 수가 없었다.

하지만 아파트 단지 안에서는 큰 개를 기르는 주민이 없는데다 슈퍼마켓 심부름을 다니는 개는 이미 유명해져 있었고, 그 개 주인이 소년이라는 사실 등으로 비춰볼 때 바로 그들이 부인을 구한 주인공일 거라는 추측은 아주 자연스러운 것이었다.

경찰관과 아파트 경비원이 캠핑카를 찾아갔을 때 다루는 자고 있었다. 놀란 아버지가 그를 두드려 깨웠고, 나중에 사정을 알고 나서야 놀란 가슴을 쓸어내렸다.

"이 애가 맞습니다. 이 애가 신고했습니다."

경비원은 다루를 알아보았다. 그리고 케르도 알아보고 손으로 가리켰다.

"저 개를 데리고 왔었습니다."

"네가 아파트 정원에 쓰러져 있는 여자를 처음 발견하고 경비실에 연락한 거니?"

경찰이 묻자 다루는 고개를 내저었다.

"처음 발견한 건 제가 아니고 케르예요."

다루는 여자를 발견하게 된 경위를 대강 이야기해 주었다. 이야기를 듣고 난 경찰관은 케르의 머리를 쓰다듬어 주면서 말했다.

"네가 한 생명을 구했구나. 상이라도 줘야겠는데……."

다음 날 40대 초반의 초췌한 남자가 선물 꾸러미를 들고 캠핑카를 찾아왔다. 차에는 다루 남매와 케르만 있었고, 유씨는 아직 귀가하지 않았다.

남자는 부모님 안 계시느냐고 물은 다음 자기는 어제 아파트 정원에서 발견된 여자의 남편 되는 사람이라고 자기를 소개했다. 그런 다음 차 안에서 한 가족이 생활하고 있다는 것이 신기한 듯 실내를 둘러보다가 이윽고 다루에게 시선을 멈췄다.

"네가 어제 아줌마를 구해준 그 애니?"

"제가 아니라 케르가 발견했는데요."

다루가 케르를 가리키자 사내는 알겠다는 듯 고개를 끄덕이긴 했지만 개를 쓰다듬어 주거나 하지는 않았다.

"개가 발견하긴 했지만 신고한 건 너잖아. 아무튼 고맙다.

너 때문에 우리 집사람이 목숨을 건졌으니……."

그는 과일 꾸러미를 다루에게 건네준 다음 굳은 표정으로
사라졌다.

감사를 표하기 위해 찾아온 사람치고는 표정이 너무나 차
갑게 굳어 있었기 때문에 다루와 세미는 조금 어리둥절한 기
분이 들었다.

"이상한 사람이야."

세미의 말에 다루는 고개를 갸우뚱했다.

이삼 일쯤 지나 중학교 1학년인 세미가 학교에서 이상한
소문을 듣고 돌아와 다루에게 들려주었다.

"자살하려고 한 그 아줌마, 우리 반 애 엄마야."

"뭐어?"

"이수지라는 앤데, 공부도 지지리 못하는 애야."

"엄마가 자살하려고 한 거 애들 다 알고 있어?"

"그럼. 벌써 소문 다 퍼졌어."

"창피해서 어떻게 학교 다니지?"

"수지 걔는 깡이라 아무렇지도 않나 봐."

"깡이 뭐야?"

"깡패. 그런데 나 이상한 말 들었다."

"뭔데?"

"수지하고 걔 오빠가 지금 있는 아빠의 친자식이 아니래."

"그게 뭐가 이상해? 의붓아버지는 얼마든지 있잖아."

"그게 아니고, 아빠는 친자식인 줄 알고 지금까지 키워왔는데 알고 보니까 자기 자식이 아니라는 거야."

"그럼 그게 뭐야? 그럼 부인이 속였다는 거야?"

"남편 몰래 바람피워서 낳은 자식들이래. 남편이 혈액형을 조사해 봤는데 자기 혈액형과 부인 혈액형 사이에 그런 자식들이 태어날 수 없다는 거야. 남편이 의심하는 건 당연하잖아?"

다루는 과일 꾸러미를 들고 인사차 찾아왔던 사내의 표정이 왜 그렇게 딱딱했는지 비로소 조금은 이해가 되는 것 같았다.

"그럼 수지 엄마가 자살하려고 한 건 자기의 부정이 드러나서 죗값을 치르려고 그런 건가?"

"그게 아니야. 자기는 절대 바람피우지 않았다는 거야. 틀림없는 남편 자식들이라는 거야. 하지만 엄연히 혈액형상으로 그런 자식들이 나올 수가 없는데 남편이 그 말을 믿겠어? 그래서 수지 부모님은 걸핏하면 그 문제로 싸우곤 했대. 수지 아빠는 거의 매일 술 마시고 들어와서는 수지 엄마를 때렸고,

수지 엄마는 억울하다고 울고……. 집안이 엉망이었다나 봐.
그래서 결국 수지 엄마는 노이로제에 걸려서 자살하려고 한
거야."

다루는 어른들의 세계는 참 이해할 수 없는 일투성이라는
생각이 들었다.

그와 함께 자신이 케르의 도움으로 수지 엄마를 발견해서
경비원에게 알려준 것이 잘한 짓이었는지 아니면 잘못한 짓
이었는지 알 수 없게 돼버렸다고 생각했다.

"그럼 어떻게 되는 거지?"

자못 걱정스러운 듯 묻자 세미는 대수롭지 않게 대꾸했다.

"뭐 말이야?"

"수지네 집 말이야. 엄마가 자살하려다가 살아났으니 문
제만 더 커진 거 아니야."

"사실은 그래. 수지 엄마가 아무리 부인해도 과학적 사실
을 뒤엎을 수는 없는 거니까. 그 혈액형에서는 그 자식들이 태
어날 수 없다는 것이 과학적으로 입증되었는데 아무리 부인한
들 무슨 소용이 있겠어. 솔직히 인정하고 용서를 비는 게 차라
리 낫지 베란다에서 뛰어내리긴 왜 뛰어내려. 치사하게."

세미는 입을 삐쭉거리며 말했다.

"참 안됐다. 좋은 해결 방법이 없을까?"

"가장 원만한 해결 방법은 수지 부모가 이혼하는 거야. 그렇지 않고 매일 얼굴을 마주 대하고 살면 서로 으르렁거릴 수밖에 없어."

세미는 어른들이나 할 수 있는 말을 거침없이 지껄였다.

반면 다루는 신중한 모습이었고, 뭔가 풀리지 않는 문제에 대해 골똘히 생각하는 것 같았다.

이윽고 그가 입을 열었다.

"저기… 혈액형이라는 게 그렇게 절대적인 거야?"

"그게 무슨 말이야?"

"쉽게 말해서… 혈액형을 따져서 내린 결론이란 게 절대적으로 믿을 만하냐는 거야."

세미는 동생을 빤히 쳐다보다가 어이없다는 듯 킥킥거리고 웃었다.

"너 과학적 결론을 무시하는 거니? 그건 과학이야."

"과학이라고 오류가 없는 건 아니야. 그것 때문에 피해를 보는 경우가 얼마나 많다구."

"또 시작이다. 뭐가 도진 모양이구나?"

"누나, 수지네 식구들 혈액형 알 수 없을까?"

"뭐라구?"

"혈액형 말이야. 수지네 식구들 혈액형."

"그건 뭐하려구?"

세미는 정말 어이없어하는 표정이다. 하지만 다루는 진지한 얼굴이었다.

"그냥 좀 알고 싶어서……."

"내가 그런 걸 어떻게 아니?"

"수지하고 한 반이니까 알아보려면 알아볼 수 있잖아."

"웃기지 마. 쓸데없는 데 신경 쓰지 말고 공부나 해."

"알아오면 5천 원 줄게."

"뭐, 5천 원? 웃기지 마. 5천 원 받고 누가 그 짓 하니?"

"그럼 만 원."

"좋아, 만 원이야? 약속한 거야?"

오누이는 손가락을 걸고 약속했다.

세미는 며칠 지나 학교에서 돌아오자마자 마치 중요한 정보를 알아내기라도 한 듯 다루에게 이야기보따리를 풀어놓았다.

"수지 혈액형 알아냈다. 오빠하고 둘 다 AB형이래. 애들이 모였을 때 혈액형 이야기가 나왔는데 내가 자연스럽게 수지한테 혈액형이 뭐냐고 물어. 그랬더니 아무렇지도 않게 AB라고 했어. 그러면서 자기 오빠도 AB라고 했어. 그 앤 자기 부모가 왜 싸우는지 관심도 없고 그 이유를 아직 모르는 모양이야. 알 만한 사람은 다 아는데 말이야. 참 한심한 애야. 만 원 내."

다루는 꼬깃꼬깃 구겨진 만 원짜리 지폐를 꺼내 아까운 듯 내밀었다.

"부모 혈액형은 안 알아봤어?"

"거기까지 내가 어떻게 알아내니?"

세미는 지폐를 펴서 확인한 다음 얼른 주머니 속에 집어넣었다.

다음 날부터 다루는 학교가 파한 후에도 거의 집에 붙어 있지 않고 여기저기 돌아다녔다. 큰 도서관에 가서 의학 관계 서적을 들여다보기도 하고 동물병원의 배 원장을 찾아가 혈액형에 대해 이것저것 물어보기도 하고, 배 원장이 자기는 자세히 잘 모르겠다고 하면서 어느 내과 병원 의사를 소개해 줘서 그 의사를 만나러 가기도 하고, 인터넷을 뒤져 혈액형과 관계된 의학적 지식을 꼼꼼히 메모하고, 혈액형 때문에 일어난 사고 사건들을 자세히 읽어보았다.

그런 다음 꽤 긴 편지를 하나 썼다.

해맞이 아파트 205동 105호 수지 아버님께

안녕하세요?

이런 편지를 불쑥 드려서 기분 나쁘실지 모르겠습니다. 하지만 기분 나쁘게 해드리려고 쓴 건 아니니까 한번 읽어보시기 바랍니다. 저는 다만 수지네 가족이 행복하게 살 수 있기를 바라는 마음에서 이런 편지를 쓰게 되었습니다.

결론부터 말씀드리면 겉으로 드러난 혈액형은 전적으로 믿을 게 못 된다는 것입니다. 예를 하나 들어보겠습니다. 국내에서 실제로 혈액형을 잘못 알아가지고 일어난 비극적인 사건 가운데 이런 것이 있습니다. 한 남자가 밤늦게 술에 취해 귀가했는데 그 부인과 아이들 둘이 칼에 찔려 무참히 살해되어 있었습니다. 그 남자를 H라고 부르겠습니다. 놀란 H는 경찰에 신고했고, 수사가 시작되었습니다. 수사 결과 부부 사이가 극도로 안 좋았고, 부부싸움이 잦았음이 밝혀졌습니다. H는 술에 취해 귀가하면 부인을 무자비하게 폭행했다고 합니다. 이유는 부인이 바람을 피워 두 자식을 낳았기 때문이라고 합니다. H가 부인을 그렇게 의심한 것은 혈액형 때문이었습니다. 부인은 혈액형이 O형이고 H는 A형인데 자식 둘은 모두 AB형이었습니다. O형과 A형 사이에서는 AB형이 태어날 수가 없습니다. 그러니까 남편이 부인을 의심할 수밖에 없었습니다. 하지만 부인은 자기는 바람을 피운 적이 없고, 지금 자식들은 틀림없이 당신 피를 받은 자식들이라고 주장했답니다. 부인은 억울하다고 항변했고, 그럴수록 남편은 거짓말하지 말라고 부인을 때렸답니다. 경찰은 처음에는 H를 살인 용의자로 체포했습니다. 살인 혐의를 받을 만했기 때문이겠죠. 하지만 정밀 조사 결과 범인은 죽은 부인으로 밝혀졌습니다. 부인은 아무리 해도 남편이 믿어주지 않자 자신의 결백을 입증하기 위해 죽음을 택했던 것입니다. 그러니까 부인은 자기 손으로 자식 둘을 죽이고 자신은 자살한 겁니다. 정말 끔찍한 일이었습니다.

그런데 중요한 것은 그다음에 일어났습니다. 부인이 자신과 자식들까지 죽이면서 결백을 주장할 정도라면 전혀 터무니없는 주장은 아니지 않을까요? 그래서 경찰은 혈액형 때문에 일어난 사건인 만큼 가족들 혈액형을 다시 정밀 검사해 보았습니다. 병원에서 하는 일반적인 검사 방법이 아니라 과학수사연구소에서 염색체까지 분리해서 검사했습니다. 그 결과 죽은 세 명의 혈액형은 맞는데 H의 혈액형이 다르게 나왔습니다. 놀랍게도 그는 자기가 알고 있던 A형이 아니라 AB형이었습니다. 정확히 말씀드리면 cis-AB형이었습니다. cis-AB형은 AB형은 AB형인데 비정형 AB형이라고 합니다. 그래서 검사를 하면 A와 B 가운데 어느 한쪽의 항원이 약해서 한쪽밖에 나타나지 않는다고 합니다. 그러니까 H

는 혈액형이 비정형 AB형인데도 검사를 하면 B형 항원이 약해서 A형으로만 나왔던 것이고, 그래서 결과적으로 자기 혈액형을 잘못 알고 있었기 때문에 비극적인 사건이 일어나게 되었던 것입니다. 물론 H는 이 병원 저 병원에서 여러 번 혈액 검사를 해봤을 겁니다. 하지만 일반적인 검사에서는 계속 A형으로밖에는 나올 수가 없었겠지요.

제가 건방지게 이런 말씀을 드리는 것을 용서해 주십시오. 저는 다만 수지네 가정에 다시 행복이 찾아오기를 바라는 마음에서 이런 편지를 쓰는 것입니다. 수지 엄마께서 두 번 다시 투신자살 같은 충격적인 행동을 하지 않게 하기 위해서도 아저씨께서는 어떤 조치를 취하셔야만 합니다. 아저씨께서 지금 당장 하셔야 할 일은 수지 엄마와 함께 과학수사연구소 같은 전문적인 기관에 가셔서 두 분의 혈액을 정밀 검사받는 일입니다. 반드시 염색체를 분리해서 정밀 검사를 받으셔야 합니다. 그 결과 지금까지 두 분이, 아니면 어느 한 분이 자신의 혈액형을 잘못 알고 있었고, 그렇게 해서 수지 남매가 아저씨의 친자식이라는 사실이 밝혀지면 얼마나 좋을까요. 저는 반드시 좋은 결과가 나올 것이라고 믿습니다.

마지막으로 한 가지 부탁드리고 싶은 것이 있습니다. 만일 혈액 검사 결과 수지 남매가 아저씨의 피를 받은 친자식으로 밝혀지고, 그래서 아저씨 가정에 다시 행복이 찾아오면 그때는 잊지 말고 아파트 베란다에 노란 풍선을 매달아주십시오. 저는 그 노란 풍선이 아저씨가 저한테 보내는 답장이라고 생각하겠습니다. 만일 노란 풍선이 베란다에 나타나지 않는다면 저는 아저씨한테 큰 실례를 범한 것이 됩니다. 그것은 생각만 해도 우울한 일입니다. 좋은 결과가 있기를 기대하겠습니다.

제 이름과 주소를 밝히지 않은 것을 용서해 주십시오.

존경하는 마음을 담아.

지옥을 지키는 개.

다음 날부터 다루는 해맞이 아파트 앞을 지날 때면 일부러 205동 쪽으로 돌아서 가곤 했다. 그리고 10층에 있는 수지네 아파트 베란다를 아무도 눈치채지 못하게 흘끗흘끗 올려다보곤 했다.

그러나 일주일이 지나도 그 베란다에 노란 풍선은 보이지 않았다. 다루는 기분이 우울했다.

그러던 어느 날 학교에서 돌아온 세미가 뜻밖의 소식을 전해줬다.

"수지 있잖아, 뉴질랜드로 이민 간대. 좋아서 폴짝폴짝 뛰더라."

다루는 눈을 크게 떴다.

"가족 모두 간단 말이야? 부모도 간대?"

"그러겠지, 뭐."

"왜 이민 가는 거지?"

"아빠가 뉴질랜드 왔다 갔다 하면서 사업을 하나 봐."

"수지 부모는 더 이상 싸우지 않고 잘 지내나?"

"사이가 좋아졌다나 봐. 혈액형을 다시 검사했는데 수지 남매가 친자식으로 밝혀졌대. 수지 아빠가 괜히 오해를 해서 한바탕 난리를 친 거지. 아주 웃기는 집안이야."

"그 말 정말이야?"

"나도 들었을 뿐이야. 오해가 풀려서 요즘은 깨가 쏟아지게 행복하게 산대나. 그러니까 가족 모두 이민을 가지."

"잘됐네. 참 잘됐어."

다루가 수지네 아파트 베란다에서 노란 풍선을 본 것은 다음 날 오후였다. 학교에서 돌아오는 길에 수지네 아파트 건물을 먼발치에서 본 순간 베란다에 매달린 노란 풍선들이 바람에 이리저리 흔들리고 있는 것이 보였다.

가까이 가서 보니 노란 풍선은 열 개나 되었다. 그것들은 마치 다루에게 빨리 오라고 손짓하는 것 같았다.

아내 생각하며 눈물 흘리다 · · · 🐺

밤늦게 귀가한 유씨는 이 생각 저 생각으로 잠이 오지 않아 누워 있다 말고 일어나 차를 끓였다. 아이들은 깊이 잠들었는지 기척이 없었고, 케르는 자다 말고 깨어나 꼬리를 흔들며 그의 움직임을 지켜보고 있었다.

탁자 앞으로 다가앉은 그는 주전자에 있는 뜨거운 홍차를 잔에 따른 다음 밀크를 조금 넣고 스푼으로 천천히 저었다. 생전에 다루 엄마는 그에게 영국 홍차를 구해서 자주 끓여주었고, 그때마다 차 속에 우유를 조금 따라주곤 했다. 우유를 조금 섞어 마시는 것이 마시기에 한결 부드럽다고 하면서.

아내와 함께 홍차를 마시면서 이 이야기 저 이야기하던 때가 너무나 그리워 그는 그만 목이 메어왔다. 아내는 도란도란 이야기를 잘했다. 그는 주로 듣는 편이었는데, 아내의 이야기가 듣기 싫다거나 그런 적은 없었다. 아내는 유식했고, 부드러운 목소리로 조리있게 말하곤 했기 때문에 그는 아내를 통해서 알게 모르게 많은 것을 듣고 배울 수가 있었다.

탁자 옆의 조그만 창문이 허옇게 얼어붙어 있었다. 창문은 얼어붙어 잘 열리지도 않았다. 삭풍에 나뭇가지들이 윙윙 소리를 내면서 흔들리는 소리가 계속해서 들려오고 있었다. 그것은 마치 멀리서 한겨울의 혹독한 추위를 휘몰고 오는 무서운 침략자들의 외침 소리 같았다. 캠핑카 같은 것이야 단숨에 통째로 꽁꽁 얼어붙게 만들어 버리겠다는 듯 그 기세가 대단했다. 그 소리에 귀를 기울이고 있으려니 어깨가 절로 움츠러드는 것 같았다.

문득 왼쪽 무릎 위에 따뜻한 온기를 느끼고 그는 시선을 밑으로 내렸다.

어느새 소리없이 다가온 케르가 그의 무릎 위에 가만히 턱을 올려놓고 앉아 있었다. 그는 케르의 이마를 쓰다듬어 주면서 이게 아내라면 얼마나 좋을까 하고 생각했다.

그의 마음을 읽기라도 한 듯 케르는 외눈으로 빤히 그를 쳐다보고 있었다. 맑고 투명하면서도 호수같이 깊어 보이는 눈이다. 죽은 아내의 눈이 꼭 이랬는데……. 정말 이놈은 아내가 환생한 것이 아닐까. 그럴 리가 없다. 환생 같은 것은 없다.

하지만 그는 케르를 다른 개들처럼 함부로 다룰 수가 없었다. 그는 마치 사람을 대하듯 케르를 대하고 있었다. 몇 달이 지난 지금 케르는 더 이상 강아지가 아니었다. 하루가 다르게 무럭무럭 자란 놈은 이제는 안아주기도 힘들 정도로 성견이 되었다.

아내를 생각하면서 케르의 이마를 쓰다듬어 주고 있던 그의 앙상한 볼 위로 어느새 두 줄기 눈물이 흐르고 있었다.

"너무 행복했어요. 슬퍼하지 말아요. 당신의 사랑 안고 갈게요. 아이들 잘 길러주세요. 당신한테 너무 많은 짐을 남기고 가네요. 아이들을 생각해서 제발 결혼하세요. 더 이상 제 생각은 하지 말고 다른 여자를 아내로 맞이하세요. 아이들과 당신이 행복하게 사는 모습을 보고 싶어요."

아내의 마지막 말이 들리는 듯했다. 아내는 그때 서른여섯이었다. 그보다 한 살 적은 그녀는 이웃집에 살던 코흘리개 친구였기 때문에 성인이 된 뒤에도 서로 반말을 하면서 지냈는데, 일단 결혼하고 나서부터는 그에게 존댓말을 쓰면서 한 가정의 가장에 대한 예의를 지켰다.

그들은 중학교까지 함께 다녔는데, 부모 없이 외가에서 자란 능미는 중학교를 졸업하자 더 이상 진학할 형편이 못 되는 것을 알고는 아르바이트를 하면서 야간 학교라도 다니기 위해 서울로 상경, 공단에 직공으로 들어갔다. 열악한 환경에 보수도 박한 직장에서 하루 종일 재봉질을 하고 나면 더 이상 일할 힘이 남아 있지 않았다.

그러나 어떻게든 끝까지 공부를 하고 싶은 열망이 컸기 때문에 그녀는 아무리 힘들어도 야간 학교에 빠지지 않고 나갔다.

비슷한 시기에 유문기는 고향에서 고등학교에 다니고 있었다.

그리고 고등학교를 졸업하자 바로 군대에 입대했다. 그동안 두 사람은 소식을 끊지 않은 채 가끔씩 편지를 주고받거나 전화를 걸어 서로의 안부를 묻고는 했다. 그럴 때는 문기 쪽에서 보고 싶다는 말을 자주 하곤 했다. 군복무 기간 중 휴가 때면 그는 서울로 가서 능미를 만나곤 했다. 그는 군악대에 근무했기 때문에 군에 있는 동안 내내 여러 가지 악기를 옆에 끼고 살았고, 그것이 나중에 밤무대 생활을 하는 데 크게 도움이 되었다.

제대 후 그는 고향 선배가 운영하는 나이트클럽에서 일했다. 궂은일은 도맡아 하면서 가끔씩 무대에서 부를 경우 달려나가 악기를 연주하곤 했다. 악사 가운데 한 명이 결근하거나 할 경우 그가 그 빈자리를 메우곤 했다.

그는 야간업소에서 아르바이트를 하는 한편으로 1년쯤 지나서는 대학에도 진학했다. 처음에는 몇 년 일해서 돈을 모은 후 대학에 들어가려고 했는데 능미가 당장 대학에 들어가야 한다고 강력하게 권하는 바람에 1년 지나서 대학에 입학하게 되었던 것이다. 능미는 그 전해에 이미 여대생이 되어 있었다. 그녀는 야간이 아닌 정규 대학 서양화과에 입학했기 때문에 더 이상 공단에 나가 재봉질을 할 수가 없었다. 다행히 가정교사 자리가 생겨 거기에 정성을 기울였더니 반응이 좋아 그것으로 기본적인 생활을 해결할 수가 있었다. 문기는 대학에서 성악을 전공했다.

그가 대학 2학년 때인 어느 화창한 가을날 나뭇잎이 노랗게 물드는 것을 보고 능미가 어디론가 여행을 떠나고 싶다고 말했고, 그 말을 받아서 그는 다음 일요일에 강원도 오대산 쪽으로 등산을 가기로 약속했다. 그는 운전이 좀 서툴렀지만 능미에게 잘 보이고 싶어서 친구 차를 하루 빌려 길을 떠났다. 하필이면 그날따라 비가 내렸지만 그들은 그대로 출발했다.

비와 안개가 뒤엉켜 시야가 좋지 않았지만 그것이 오히려 신비스러운 분위기를 띠고 있었기 때문에 능미는 시야가 갑자기 바뀔 때마다 탄성을 지르곤 했다. 비가 계속 내리고 있었기 때문에 그들은 등산을 포기할 수밖에 없었다.

　　그 대신 그들은 이미 단풍이 한창인 숲 속을 거닐며 가을을 만끽했다. 그리고 저녁때는 민박집의 따뜻한 방에서 젖은 몸을 말렸다.

　　저녁 밥상은 푸짐했고, 거기다 막걸리까지 올라왔기 때문에 그는 혼자서 거의 세 주전자나 마셔 버렸다. 능미는 술은 거의 입에도 대지 않았지만 반대로 그는 술을 좋아하는 데다 폭음하는 버릇이 있었다. 그날 몸을 가누기 어려울 정도로 취해 버린 그는 능미의 무릎을 베고 정신없이 잠이 들었다가 얼마 후 능미가 갑자기 잡아 흔드는 바람에 깨어났는데, 아직 정신을 못 차리고 있는 그의 눈앞에서 호출기가 삐삐거리고 있었다.

　　아까부터 계속 그의 호출기에서 삐삐 하고 신호음이 울리고 있었는데 능미는 그것을 묵살하려다가 하도 끈질기게 울려대는 바람에 할 수 없이 그를 흔들어 깨웠던 것이다. 그것은 지배인이 보낸 호출 신호였다. 그는 민박집 전화로 지배인에게 전화를 걸었다. 전화를 받자마자 지배인은 소리부터 질러댔다.

'야, 인마, 빨리 연락 안 하고 뭐 하는 거야?! 지금 어딨어?'

그날은 마지막 일요일이었고, 업소는 그날 하루 쉬기로 되어 있었다. 그는 월요일 새벽에 학교 강의 시간에 맞춰 떠나기로 능미와 이미 이야기가 되어 있었기 때문에 마음껏 술도 마시면서 쉬고 있었던 것이다.

지배인은 사장님 엄명이니까 당장 출근하라고 명령조로 말했다. 당황한 그가 오늘 영업 안 하지 않느냐고 묻자 지배인은 갑자기 단체 손님이 오게 돼서 문을 열게 되었으니 잔말 말고 빨리 출근하라고 성화였다.

여긴 강원도 오대산이기 때문에 아무리 빨리 가도 네댓 시간은 걸릴 것이라고 했지만 상대방은 들으려고도 하지 않고 버럭 고함부터 질러댔다.

'너, 그만두고 싶어? 오늘 안 나오면 넌 모가지야! 알았어? 사장님 엄명이란 말이야. 오늘 밤 손님은 아주 특별한 손님들이야. 일본하고 대만, 한국, 3개국 단체 손님들이란 말이야. 모두 해서 백 명이 넘어. 잔말 말고 빨리 나와.'

지배인은 그가 서울 시내 어딘가에 있는 줄로 착각한 것 같았다. 다시 한 번 강원도에 있다고 하자 손님은 저녁 먹고 10시쯤에 올 거니까 고속도로 타고 2백 킬로로 밟으면 두 시간이면 도착할 수 있다고 하면서 전화를 끊었다.

비로소 정신이 번쩍 든 문기는 시계를 보았다. 시간은 8시가 막 지나고 있었다. 능미에게 사정을 설명하자 그녀는 걱정스러운 얼굴로, 많이 취했는데 밤중에 운전할 수 있겠느냐고 하면서 따라나섰다.

마음 같아서는 당장 업소를 그만두고 싶었지만 그에게는 유일한 밥줄인 데다 수입도 괜찮았기 때문에 섣불리 그만둘 수가 없었다.

종일 내리던 비는 밤이 되자 더 많이 내리고 있었다. 그야말로 억수같이 쏟아지고 있었다. 능미는 속력 내지 말고 주의해서 천천히 가라고 했지만 다급해진 그는 그럴 수가 없었다. 술에 취해 깜박 잠이 들었다가 조금 후에 깨어났기 때문에 여전히 만취 상태였지만 그는 대수롭지 않게 여기면서 속력을 내어 달려갔다. 시간이 갈수록 자신감이 붙은 그는 더 빠른 속도로 차를 몰았고, 옆에 앉아 있는 능미는 불안한 기색을 감추지 못한 채 하품을 해대는 그에게 계속 주의를 주었다.

그러나 그는 실실 웃으면서 걱정하지 말고 잠이나 자라고 대꾸했다.

번갯불이 번쩍거리고 벼락 떨어지는 소리가 대지를 뒤흔들었지만 그는 국도만 빨리 벗어나 고속도로에 진입하기만 하면 지배인 말마따나 시속 2백 킬로로 달릴 수 있을 거라는 생각에만 집착하고 있었다.

번갯불이 번쩍하는 사이로 저만치 덤프트럭 한 대가 길을 가로막은 채 느릿느릿 굴러가고 있는 것이 보였고, 그 뒤를 이어 속력을 내지 못한 차들이 안달하듯 따라가고 있었다. 덤프트럭 뒤에 따라붙은 차들은 2차선 도로에서 추월할 기회만 노리고 있다가 틈만 생기면 차선을 넘어 맞은편 차도로 들어갔다가 잽싸게 트럭 앞으로 끼어들곤 했다. 그것은 산악지대의 굴곡이 많은 지방도로에서, 그것도 비가 퍼붓고 있는 어두운 밤에 위험하기 짝이 없는 짓이었지만 그들은 마치 곡예를 하듯 추월하기를 서슴지 않았다.

문기 역시 앞으로 추월하려고 틈을 노리고 있었다. 마침내 앞선 차들이 모두 빠져나가고 트럭 뒤에 바싹 따라붙게 되자 문기는 왼쪽으로 급히 핸들을 꺾었다.

안 돼! 하지 마! 능미의 외침도 그의 귀에는 한낱 모깃소리같이 조그맣게 들릴 뿐이었다. 차선을 넘어 맞은편 차도로 들어갔다가 막 트럭 앞으로 끼어들려고 했을 때 맞은편에서 갑자기 나타난 헤드라이트 불빛이 그의 시야를 확 덮쳤다.

이어서 쾅 하는 충격음과 비명 소리가 들리는 것과 거의 동시에 그의 의식은 깊은 나락 속으로 굴러떨어졌다. 그의 차는 맞은편에서 달려오던 버스와 부딪치면서 트럭 앞으로 끼어들었고, 놀란 트럭 운전사는 급브레이크를 밟았다. 그러나 트럭은 수 미터 앞까지 문기의 차를 밀어붙이고 나서야 멈춰설 수 있었다.

문기는 충격음과 능미의 비명 소리 외에는 기억에 없었다. 그가 의식을 회복한 것은 병원에서였다. 차는 휴짓조각처럼 구겨졌지만 그는 이상하리만치 별로 부상을 입지 않았고, 일주일도 안 돼 병원 문을 걸어서 나올 수가 있었다.

그러나 능미는 부상이 심해 사경을 헤매다가 가까스로 목숨을 건지긴 했지만 1년 이상을 병원에 입원해 있어야 했다. 무엇보다도 그녀를 충격 속에 빠뜨린 것은 한쪽 눈을 잃은 것이었다. 차가 충돌할 때 유리 조각이 왼쪽 눈을 찔렀는데 그 정도가 심해 치료가 불가능했고, 그래서 부식을 막기 위해 아예 찢긴 안구를 들어내고 말았던 것이다. 의사는 눈에 유리가 박혔을 때 즉사하지 않은 것만도 다행이라고 말했다.

자동차 사고는 두 사람의 생활을 완전히 바꾸어놓았다. 그들은 약속이나 한 듯 대학 생활을 포기했고, 희망을 상실한 채 실의의 나날을 보내야 했다.

능미 치료비며 차량 보상비 등 갚아야 할 빚이 엄청나게 불어나 어떻게 해야 할지 갈피를 잡을 수 없을 지경이었다.

그러나 그런 것들보다도 그를 괴롭힌 것은 능미에 대한 죄책감이었다. 능미가 한쪽 눈을 잃은 것은 순전히 자신의 잘못 때문이라는 자책감이 그를 끊임없이 괴롭혔고, 그래서 능미를 바로 볼 수가 없었다. 앞으로 그녀의 인생을 자신이 책임지지 않으면 안 된다고 생각했지만 그런 것으로 죄책감에서 벗어날 수는 없었다.

그 사건으로 두 사람은 성격까지 변한 것 같았다. 두 사람 다 말수가 적어지고, 모든 일에 소극적이고, 사람들 만나는 것을 피했다.

병원에서 퇴원하자 능미는 다시 공단으로 들어가 전보다 더 험한 일을 했다. 한쪽 눈으로는 재봉질을 할 수가 없었던 것이다. 새로 하게 된 일은 철판에 페인트칠을 하는 일이었다. 반복해서 여러 번 칠하는 그 일은 페인트와 약품 냄새 때문에 항상 마스크를 쓰고 일하지 않으면 안 되었다.

그렇게 힘든 일을 하면서도 그녀는 문기에게는 학교에 다시 다니라고 채근했다.

그러나 그는 빚을 갚기 위해 밤낮으로 일했다. 그렇게 2년쯤 지내다가 그는 능미에게 청혼했다. 그러나 그녀는 단호하게 거절했다. 나 같은 거 데려다가 어디다 쓸 거냐. 손톱만큼이라도 나를 동정해서 결혼하겠다는 생각 같은 건 하지도 마

라. 두 눈이 없는 맹인을 보면 눈이 하나라도 남아 있는 게 얼마나 다행인지 모른다. 난 혼자서 충분히 살아갈 수 있으니 제발 나를 내버려 두면 좋겠다. 그녀는 이렇게 말했지만 그는 그녀 곁을 떠나지 않고 제발 결혼해 달라고 간청했다.

하지만 그녀는 계속 거부했고, 그렇게 1년쯤 지나다가 결국은 '나하고 결혼하면 불행할 텐데……' 하고 말하면서 문기의 청혼을 받아들였다.

부부가 된 문기와 능미는 절망에서 벗어나 혼신을 다해 생활에 매달렸다. 무엇보다도 먹고사는 게 급했고, 다음에는 빚을 갚아 나가야 했고, 마지막으로는 태어날 아기를 위해 저축 등 준비해야 할 것이 많았다.

첫 아이가 태어나자 능미는 아기를 둘러업고 공장으로 출근했다. 공장에는 다행히 아기를 맡겨둘 수 있는 탁아 시설이 하나 있었다. 문기는 강남에 있는 어느 큰 불고기 전문 식당에서 일했는데 저녁때는 그 집의 대형 홀에서 악기를 연주하기도 하고 노래도 불렀다.

그런데 호응이 좋아 앙코르가 계속되는 바람에 그의 역할을 중시하게 된 사장은 월급을 대폭 올려주기까지 했다. 일을 끝내고 집으로 돌아갈 때면 그는 주방 아줌마가 싸주는 불고기를 들고 귀가하곤 했는데, 그 덕분에 그의 가족들은 거의 매일 불고기를 먹을 수 있었고, 그것이 남아돌면 이웃에 나눠 주기까지 했다.

그가 처음으로 엘비스 프레슬리의 흉내를 낸 것은 그 불고기 집에서였다.

사람들 앞에서 처음 선보인 그것은 폭발적인 반향을 불러일으켰고, 그것을 보기 위해 일부러 그 식당을 찾아오는 손님들이 늘어날 정도였다.

그러던 어느 날 저녁 연주를 마치고 나자 한 중년 신사가 그를 불렀다. 그 신사는 별실에서 함께 온 일행과 술을 마시고 있었다.

그가 건넨 명함에는 클럽 브로드웨이 대표라는 직함이 인쇄되어 있었다. 브로드웨이는 서울에 있는 나이트클럽 가운데 제일 규모가 크고 호화로운 클럽으로 알려져 있었다. 과거 변두리에 있는 클럽에서 일한 적이 있는 문기는 말로만 듣던 브로드웨이의 대표라는 사람을 직접 대하고 명함까지 받게 되자 어리둥절했다.

최 대표라는 사람은 문기가 연주하는 모습에 대해, 특히 엘비스 프레슬리 흉내에 대해 칭찬을 아끼지 않으면서 자기 클럽에서 일해볼 생각이 없느냐고 물었다.

브로드웨이 사장이 예상했던 대로 그곳에서의 엘비스 프레슬리 연주는 대히트였다.

마치 고기가 물을 만난 듯 문기는 최대한 끼를 발산하면서 숨겨놓은 재기를 발휘했고, 시간이 갈수록 그것은 더욱 세련되고 폭발적인 모습으로 발전해 갔다. 어떤 사람들은 엘비스 프레슬리보다 낫다는 말까지 할 정도였다.

그의 인기는 그 바닥에 금방 퍼져서 얼마 가지 않아 여기저기서 한번 와달라는 요청이 빗발치기 시작했다. 지방에서조차 출연 요청이 올 정도였고, 그가 계속 응하지 않자 돈을 싸들고 오는 사람까지 있었다.

이 기회를 잘 이용하기만 하면 큰돈을 벌 수 있을 것 같은 생각이 들었지만 브로드웨이 최 사장과의 언약도 있고 해서 마음대로 할 수가 없었다.

처음 최 사장을 만나 그로부터 브로드웨이에서 일해볼 생각이 없느냐는 질문을 받았을 때만 해도 문기는 감격한 나머지 불러만 주시면 열심히 일해보겠다고 약속했었다.

그러자 최 사장은 브로드웨이 무대에 서면 그 바닥에서 스타가 되는 것은 시간문제이고, 잘하면 TV에도 나갈 수 있으니까 자기가 하라는 대로만 하면 잘될 거라고 말했다. 그러면서 잔뜩 거드름을 피우며 인기 연예인들의 이름을 들먹이면서 그 애들도 다 자기가 브로드웨이에서 키운 애들이라고 했다. 순진한 문기는 앞뒤 가리지 않고 불러만 주시면 시키는 대로 다 하겠다고 몇 번이고 머리를 조아리며 약속했다. 최 사장한테 한 약속이란 그때의 그 언약이 전부였고, 특별히 계약서 같은 것을 작성하거나 한 것은 없었다. 그런데 그것이 함정이었다.

여기저기서 출연 요청이 쇄도하자 그는 고심 끝에 우선 지배인에게 다른 업소에도 나가보겠다는 의사를 넌지시 비춰보았다.

마침 사장이 폭력과 사기 혐의로 도피 중이었기 때문에 직접 그를 대면하지 않고 그런 말을 꺼내기가 한결 쉬웠다.

하지만 지배인은 그의 말이 끝나기 무섭게 사나운 얼굴로 이렇게 말했다.

'누구 때문에 이렇게 컸는데 이제 와서 배신하겠다는 거야? 불러만 주시면 시키는 대로 하겠다고 철석같이 약속해 놓고 얼마 되지도 않아 다른 업소로 나간다는 게 말이 돼?'

문기는 더듬거리며 자기 생각과 입장을 설명했다. 브로드웨이를 떠난다는 게 아니라 브로드웨이에 전속으로 있지 않고 프리랜서로 자유롭게 다른 곳에도 출연하려는 것이다.

지금 사방에서 출연 요청이 쇄도하고 있어 나로서는 이 기회를 놓치고 싶지 않다. 한번 봐달라. 그러자 지배인은 눈을 부라렸다.

'누구 맘대로 다른 업소에 출연하겠다는 거야? 사장님이 알면 가만있을 줄 알아? 사장님이 얼마나 무서운 사람인 줄 알아? 우리 사장님은 배신자는 결코 가만 놔두지 않아. 지금 사장님이 사정이 있어 외국에 나가 계시지만 만일 이걸 아시면 작살낼 거야. 경고하는데, 내 말 듣는 게 좋을 거야.'

그러나 문기는 지배인의 말을 듣지 않았다. 주위 사람들도 전속계약을 한 것도 아닌데 브로드웨이에 더 이상 묶여 있을 필요가 뭐가 있느냐고 그를 부추겼다.

마침내 문기는 내 권리를 찾는데 우물쭈물할 필요가 없다고 생각하고 담판을 짓기 위해 지배인을 만나 자기 결심을 전했다.

자신은 문서상으로 전속계약을 한 바 없기 때문에 자신이 브로드웨이에 계속 묶여 있을 필요가 없다.

이제부터 나는 자유롭게 행동하겠다. 이렇게 말하고 나서 그는 다음 날부터 다른 업소에도 나가기 시작했다.

그때부터 수입이 부쩍 늘었고, 능미도 공단에 나가지 않고 아이들 키우는 데 전념하면서 안정을 되찾게 되었고, 그러다 보니 오랜만에 집안에 웃음꽃이 피게 되었다.

그때는 다루도 이미 태어나 초등학교에 다니고 있을 때였다. 그동안 밀렸던 빚도 거의 갚았고, 별로 크지는 않지만 네 식구가 살 만한 조그만 아파트도 하나 장만할 수 있었다. 그가 생각하기에 그때가 가장 행복한 시기였던 것 같다.

그러나 그런 행복은 별로 오래가지 못했다. 1년쯤 지나 브로드웨이 사장으로부터 갑자기 만나자는 연락이 왔고, 어차피 한 번쯤은 만나서 정리해야 할 일도 있었기 때문에 그는 시간을 내어 사장실을 찾아갔다.

그때는 브로드웨이에서 완전히 발을 빼고 전국을 순회하다시피 바쁘게 다니고 있을 때였다. 브로드웨이에 나가지 않게 된 것은 지배인의 횡포 때문이었다. 지배인은 다른 업소에서 주는 출연료의 절반도 안 되는 액수를 주었고, 그나마 제때 주지 않아 받아야 할 돈이 꽤 많이 쌓여 있었다. 생각 끝에 문기는 출연료 받는 것을 포기하고 브로드웨이에서 완전히 손을 뗐던 것이다.

그러나 사장을 만나보니 브로드웨이와의 관계는 끝난 것이 아니었다. 아니, 그렇게 쉽게 끝날 것 같지 않았다.

문기가 사장실에 들어갔을 때 최 사장은 책상 위에 두 다리를 뻗은 채 상체를 뒤로 잔뜩 젖히고 앉아 있었고, 그 옆에서는 앳돼 보이는 젊은 여자가 그의 손톱을 다듬어주고 있었다. 도피 중이라고 들었는데 사장실에 앉아 느긋하게 손톱까지 다듬고 있는 것을 보면 사건이 잘 해결된 것 같았다.

그 바닥에서 오래 일하면서 알게 된 것은 최 사장 같은 부류의 인간들은 일이 터지면 무조건 피신하고, 그 대신 그 하수인들이 나서서 수단 방법을 가리지 않고 사건을 무마시킨다는 것이다.

"아, 너, 잘 왔어."

최 사장은 그 자세 그대로 앉은 채 눈을 가늘게 뜨고 문기를 쳐다보았다.

"요새 재미 좋다면서? 너무 바빠서 브로드웨이에는 나타나지도 않는다면서?"

자리를 권하지도 않은 채 빈정대듯 말하는 바람에 문기는 당황해서 어쩔 줄을 몰라 했다.

"조, 조금 바쁜 편입니다."

"그래? 누구 때문에 그렇게 된 거지?"

"네? 무슨 말씀인지?"

"누구 덕분에 그렇게 잘 팔리게 됐냐구?"

"사, 사장님 덕분입니다."

"알고 있군. 알고 있으면서 왜 그따위로 행동하는 거야?"

문기는 멈칫했다가 고개를 숙였다.

"죄송합니다. 저도 먹고살려다 보니까⋯⋯."

"뭐야? 너 인마, 여기 올 때 뭐라고 했어? 불러만 주시면 시키는 대로 다 하겠다고 애걸했지? 그 말 했어, 안 했어?"

"해, 했습니다."

"그렇게 철석같이 약속해 놓고 인기가 좀 오르니까 손바닥 뒤집듯 금방 돌아서? 한번 한 약속은 죽을 때까지 지켜야 하는 거야. 안 그래?"

"하지만 사정상 못 지킬 수도⋯⋯."

"뭐가 어째, 이 새꺄?!"

벼락 치듯 고함을 지르면서 벌떡 일어난 최 사장은 재떨이를 집어 던졌다.

문기가 재빨리 피했기 때문에 재떨이는 귀를 스치고 날아가 벽에 가 부딪치면서 산산조각이 났다. 문기보다도 놀란 사람은 손톱을 다듬던 여자였다.

"넌 나가 있어."

여자를 밖으로 내보내고 난 최 사장은 문기의 멱살을 움켜잡아 치켜 올렸다. 최 사장이 거한인 데 비해 문기는 몸집이 작고 비쩍 말라 있어 상대가 흔드는 대로 몸을 맡길 수밖에 없었다.

"네 맘대로 약속을 파기해? 뭐, 사정상 그럴 수도 있다고?

인마, 나한테는 그런 거 안 통해! 기껏 여기 데려와서 키워놓으니까 내 허락도 없이 맘대로 빠져나가? 내가 없는 동안 전국 방방곡곡 돌아다니면서 잘 해먹었지? 이젠 안 돼! 내 허락 없이는 여기서 한 발짝도 나가서는 안 돼! 알았어?”

숨이 막혀 버둥거리는 그를 동댕이치자 문기는 벽에 한 번 세게 부딪친 다음 바닥에 걸레처럼 구겨졌다. 최 사장은 다가오더니 구둣발로 그의 얼굴을 문질렀다.

“당장 오늘부터 브로드웨이에서 연주해! 다른 곳에 나가면 죽을 줄 알아!”

“왜 이럽니까?”

당하기만 하던 문기는 마침내 반발하면서 몸을 일으켰다.

“이게 무슨 짓입니까?! 어디다가 구둣발을 댑니까?!”

“이 새끼, 혼나봐야 알겠어?”

최 사장은 구둣발로 문기의 정강이를 냅다 걷어찼다.

“어이쿠!”

문기는 무릎을 꺾으면서 고통을 이기지 못해 얼굴을 일그러뜨렸다.

“너 같은 건 쥐도 새도 모르게 없애 버릴 수도 있어! 까불면 죽을 줄 알아!”

“무, 무슨 권리로 사람을 때리는 겁니까?!”

화가 난 문기는 껑충거리며 소리쳤다.

"내가 여기 전속 계약이라도 했어요? 계약서 작성한 것도 없는데 여기 왜 매일 나와야 합니까? 연주비도 다른 데보다 반밖에 안 주는데 왜 여기서 일해야 합니까? 그동안 밀린 연주비는 왜 안 주는 겁니까?"

"이 새끼 봐라? 겁도 없이 까불어? 너 약속한 건 뭐야? 여기 무대에 세워주기만 하면 시키는 대로 하겠다고 했잖아. 애걸복걸하면서."

"말로 한 약속은 법적 효력이 없어요. 언약이란 사정이 생기면 언제든지 바꿀 수도 있고 취소할 수도 있어요. 나도 처자식 먹여 살려야 하는데 말로 한 약속 때문에 여기 매달려서 언제까지 희생할 수는 없어요."

최 사장은 문기를 다시 걷어차려고 다가왔고, 문기는 그를 피해 뒷걸음질을 쳤다.

"경고하는데, 잔말 말고……."

최 사장이 미처 말을 끝내기 전에 문기는 재빨리 그곳을 빠져나왔다.

그런 일이 있고 나서 일주일쯤 지난 어느 날, 가을비가 소리없이 내리던 밤이었다.

문기가 부산 서면의 한 나이트클럽에서 마지막 연주를 끝내고 숙소를 향해 걸어가고 있을 때 갑자기 건장한 사내들이 그를 덮쳤다. 그는 좁은 골목으로 끌려갔고, 정신을 차릴 새도 없이 집중 구타를 당했다. 그들은 말도 하지 않은 채 무조건 그를 때리기만 했다. 난폭하고 잔인한 폭행에 그는 아무 저항도 못한 채 일방적으로 맞기만 하다가 끝내 실신하고 말았다.

"더 이상 노래 못하게 목을 분질러 버려."

"목을 부러뜨리면 죽는다구요."

"그럼 죽지 않게 적당히 해."

그가 정신이 가물가물한 상태에서 들은 말이다.

그들은 그의 목을 집중적으로 때렸고, 그가 완전히 뻗어버리자 골목 바닥에 그대로 방치한 채 가버렸다.

밤새 찬비를 맞으며 쓰러져 있던 그는 아침이 돼서야 사람들에게 발견되었고, 경찰이 와서야 병원으로 옮겨질 수 있었다.

그의 목은 퉁퉁 부어 있었고, 의식을 차린 그는 목을 움직일 수도, 무슨 말을 할 수도 없었다. 의사는 그의 목이 움직이지 못하게 목에다 기브스를 한 다음 이렇게 말했다.

"목청이 손상됐기 때문에 앞으로 소리를 내는 데 지장이 있을 겁니다. 심하면 말을 못할지도 모릅니다. 죽지 않은 것만도 다행입니다."

문기는 종이에다 이렇게 썼다.

저는 밤무대 가수입니다. 노래를 못 부르면 죽은 목숨이나 다름없습니다. 어떻게든 노래를 부를 수 있게 치료해 주십시오.

입원비가 무서워 그는 두 달 만에 퇴원했다. 그리고 통원 치료를 하면서 간절히 빌었지만 끝내 목소리를 되찾지는 못했다.

목소리를 잃으면서 생활은 다시 쪼들리기 시작했다. 엘비스 프레슬리 흉내로 재미를 보던 그는 더 이상 프레슬리처럼 노래를 부를 수 없었고, 그러다 보니 밤무대에서 무용지물 신세가 되고 말았다.

여기저기서 선지급으로 준 계약금, 혹은 위약금을 돌려달라는 독촉이 빗발치기 시작했고, 거기에 반해 수입은 거의 없었다. 하는 수 없이 가까스로 마련한 아파트를 팔고, 아내는 다시 공단에 나가기 시작했다. 몸이 회복되자 그도 밤무대에 나가 악기 연주를 시작했지만 전에 비해 수입은 형편없었다.

그러는 동안 한시도 최 사장이 뇌리에서 떠난 적이 없었다. 그에 대한 증오심으로 피가 끓어올랐지만 법적으로 그를 처벌한다는 것은 거의 불가능했다. 증거도 없이 심증만 가지고 경찰에 그를 고발했지만 사건 자체가 성립되지 않았다. 그를 직접 폭행한 자들이 누구인지도 모르는 상황에서 심증만 가지고 최 사장의 짓이라고 단정할 수 있는 증거가 하나도 없었다. 검찰에 고소해 봐야 기각될 것이고, 오히려 최 사장 쪽에서 무고 혐의로 고소해 오면 이쪽에서 피해를 입게 된다는 말에 그는 입술을 깨물고 말았다.

그런 일을 겪고 나서 얼마 후에 아내는 간암 판정을 받았다. 그는 그것을 자신이 당한 잔인한 폭행의 연장선상에서 보았다.

그가 당한 폭행의 적나라한 모습을 보고 아내는 그 이상의 고통을 겪었고, 그와 함께 격심한 스트레스와 공단에서의 힘든 노동이 겹쳐서 마침내 암에 걸린 것이라고 그는 생각했다. 그리고 36세에 자식 둘을 남겨두고 세상을 떠난 아내의 죽음 앞에서 그는 자괴감과 책임감으로 더는 살고 싶지 않았고, 얼마 안 가 자신도 곧 죽을 것만 같았다.

그러나 어린 자식들을 보자 비록 벌레처럼 살더라도 살아야 한다는 생각이 들었고, 그것이 곧 아내에 대한 속죄의 길이란 것을 깨달았다.

토끼와 함께 춤을 ・・・ 🐺

추운 겨울이 지나자 슬그머니 봄이 찾아왔고, 다루는 이제 6학년이 되었다. 세미는 중학교 2학년이 되면서 사춘기의 예쁜 모습이 활짝 꽃을 피운 것 같았다.

바깥 날씨가 너무나 좋았기 때문에 낮에는 아무도 답답한 캠핑카 안에 있으려고 하지 않았다.

케르도 스트레스를 많이 받는지 차 안에 가둬두면 낑낑거리면서 문을 발톱으로 긁어댔고, 할 수 없이 문을 열어주면 잽싸게 뛰쳐나가 어디론가 사라져 버리곤 했다.

놈이 어디서 무슨 짓을 하는지 정확히 알 수는 없지만 아무튼 실컷 돌아다니다가 지칠 때쯤 되어서야 돌아오곤 했다.

놈이 한참 동안 보이지 않으면 다루는 걱정이 되곤 했다. 혹시 개장수한테 붙잡혀 보신탕집으로 끌려가지나 않았을까 해서이다. 케르가 주인 없는 개가 아니란 것을 알려주기 위해 그는 케르의 목에 자신의 이름과 연락처를 적은 명찰을 달아놓았지만 그렇다고 안심할 수는 없었다. 제일 좋은 방법은 케르와 함께 노는 것이고, 케르도 그것을 좋아했지만 나름대로 바쁜 다루는 항상 케르와 함께 지낼 수는 없었다.

케르는 말썽을 자주 피워 그 때문에 골치를 썩인 적이 한두 번이 아니었다. 한 번은 뭔가 입에 물고 나타났기에 보니 산토끼였다. 토끼는 아직 죽지 않은 채 바둥거리고 있었다. 야산에 자주 올라가는 케르는 사냥 솜씨가 뛰어나 야생동물을 자주 물어오곤 했다. 그런데 케르의 경우 야생동물을 물어 죽이거나 하지는 않고 도망가지 못하게 살짝 물고 있을 뿐이었다. 다루가 보기에 사냥감을 죽지 않게 물고 있는 기술은 여간해서는 흉내 낼 수 없는 기술 같았다. 개가 본능적으로 달려들어 문다는 것은 상대에게 치명적인 상처를 입히려는 공격성의 발로라고 할 수 있었다. 따라서 상대를 죽지 않을 정도로, 그러면서 도망가지 못하게 적당히 문다는 것은 잔인한 공격성을 자제할 줄 아는 분별력과 뛰어난 기술에서 나온 행동이라고 할 수 있었다.

"케르, 죽이면 안 돼. 놔줘."

다루가 손가락으로 땅을 가리키며 엄한 목소리로 말하자 케르는 마지못한 척 물고 있던 토끼를 놓아주었다.

토끼는 꽤 큰 놈이었는데 많이 놀랐는지 그 자리에 가만 엎드려 있었다.

잠시 후 귀를 쫑긋거리며 조금씩 움직이기 시작했지만 움직임이 몹시 둔해 보였다.

"암놈이야! 새끼 뱄잖아!"

곁에서 호기심 어린 눈으로 지켜보고 있던 세미가 소리 지르다시피 말했다.

그러고 보니 토끼 배가 유난히 불룩해 있었다. 토끼는 잿빛이고 건강해 보였다.

"어떡 하지?"

"어떡 하긴 뭘 어떡 해. 제 자리에 도로 갖다 놔야지. 그래야 새끼 낳을 거 아니야."

그렇게 말하고 나서 세미는 케르에게 단단히 주의를 주었다.

"이 바보야, 새끼 밴 걸 물고 오면 어떡 하니? 그러다가 토끼가 죽으면 뱃속에 있는 새끼들도 죽을 거 아니야. 불쌍하지 않니? 넌 불쌍한 것도 모르니? 이 토끼, 제 자리에 갖다 놔.

당장 갖다 놔. 갖다 놓지 않으면 혼낼 거야."

막대기로 땅을 치면서 나무라자 케르는 꼬리를 내리고 고개를 밑으로 떨어뜨리면서 세미를 흘끔 쳐다보았다.

하지만 토끼를 제자리에 갖다 놓을 생각은 없는 것 같았다. 오히려 토끼가 슬금슬금 움직이자 천천히 일어나 그 주위를 맴돌면서 경계를 하는 것 같았다. 그 바람에 주눅이 든 토끼는 제대로 도망가지를 못하고 있었다.

그것을 보고 다루가 나서서 케르의 머리를 쓰다듬어 주면서 달랬다.

"케르, 나하고 함께 갈래? 토끼 물고 온 데가 어디야?"

그때 케르가 잠깐 한눈판 사이 토끼가 잽싸게 뛰어갔다. 긴장한 케르가 따라가려는 것을 다루는 재빨리 막았다.

"케르, 내버려 둬. 새끼 뱄으니까 놀라게 해서는 안 돼. 너도 언젠가 새끼 밸 거 아니야."

케르가 그의 손을 벗어나려고 낑낑거리는 사이 토끼는 비탈진 산허리를 돌아 사라졌다.

그것을 보고 케르는 끙 하면서 다루를 밀어젖히고 쏜살같이 토끼를 뒤쫓아갔다. 다루와 세미도 케르를 부르면서 뒤따라갔다. 산허리를 돌아가자 케르가 바위틈 앞에 웅크린 채 낑낑거리고 있었다. 위협적이지 않고 안타까워 어쩔 줄 모르는 모습이었다.

"왜 그래? 토끼, 이 안에 들어갔니?"

케르는 더욱 낑낑거리며 꼬리를 살랑살랑 흔들었다.

바위가 몇 개 포개져 있는 그 틈새는 케르가 들어가기에는 좁아 보였다.

다루는 안을 들여다보았지만 어두워서 잘 보이지 않았다. 그래서 그는 캠핑카로 달려가 플래시를 가져와 바위 틈새를 비춰보았다. 입구가 좁은 데 비해 바위 안쪽은 꽤 넓어 보였다. 바닥은 흙이었고, 그 위에 놀란 토끼가 웅크리고 있는 것이 보였다.

"토끼가 저 안에 있어."

"어떡하지?"

"토끼가 잘 먹는 게 뭐지?"

그 길로 다루는 아파트 단지 쪽으로 달려가 토끼 먹이를 구하러 다녔다.

한참 정신없이 돌아다니다 보니 어느새 배추 이파리와 오이 조각, 옥수수 같은 것들이 비닐봉지 속에 가득했다. 케르와 다루는 동네에서 제법 유명했기 때문에 그런 것들을 구하기는 별로 어렵지 않았다.

다루는 바위 틈새로 먹이를 적당히 나누어 넣어준 다음 마른 나뭇잎을 모아서 안으로 밀어 넣었다.

"됐다. 케르, 가자."

다루와 세미가 캠핑카로 돌아가면서 불렀지만 케르는 바위 앞에서 꼼짝도 하지 않고 앉아 있었다.

"잘됐어. 혹시 고양이가 나타날지도 모르잖아. 케르가 토끼를 잘 지켜줄 거야."

그들은 안심하고 돌아섰지만 그래도 마음을 놓을 수가 없어 자주 그곳에 가보았다.

케르는 여전히 그 앞을 지키고 있었고, 한참이 지나 플래시로 안을 비춰보니 토끼가 배춧잎을 씹고 있는 것이 보였다. 그와 함께 마른 나뭇잎이 수북하게 바닥에 쌓여 있는 것도 눈에 들어왔다.

그것은 토끼가 그곳에 정착할 뜻이 있음을 보여주는 것이어서 다루는 자못 흥분이 되었다. 이제 그곳은 자연스럽게 토끼집이 되어 있었다.

그는 부지런히 먹이를 갖다 주고, 새끼 낳을 것에 대비해서 부드럽고 마른 잎도 충분히 넣어주었다. 그곳은 그와 세미만이 아는 비밀스러운 장소였다.

케르는 아예 토끼집 앞을 놀이터로 정한 것 같았다. 다른 때 같으면 보이지 않는 먼 곳까지 가서 실컷 쏘다니다가 올

텐데 토끼집이 생기고부터는 그 언저리에서만 맴을 돌았다.

하지만 밤에도 케르를 그곳에 놓아둘 수는 없었다. 날이 저물면 다루는 오지 않으려는 케르의 목에다 줄을 매어 끌고 오곤 했다.

세미는 밤 사이에 고양이가 토끼집을 습격이라도 하면 큰 일이라고 걱정했지만 다루는 별로 걱정하지 않았다.

"케르가 그렇게 무책임할 줄 알아? 토끼집 주위에다 오줌도 싸고 똥도 싸놨어. 일부러 그런 거야. 그게 뭘 의미하는지 알아? 그건 요주의 표시이자 경계 표시야. 여긴 금지 구역이니까 누구도 침입하면 가만두지 않는다는 그런 뜻이야. 오줌은 냄새를 풍기고 똥은 분명한 표식을 보여주는 거야. 고양이든 너구리든 그걸 보고 달려들 놈은 하나도 없을 거야. 놈들은 냄새를 맡아볼 거고, 개똥을 보고는 놀라서 도망칠 거야. 놈들은 개를 제일 무서워하거든."

"어떻게 그렇게 장담할 수 있니?"

"두고 보라구."

"만일 사고만 나봐라."

세미는 얄밉다는 듯 동생에게 눈을 흘겼다.

일주일쯤 지나 다루가 친구들과 함께 계곡에서 가재를 잡다가 저녁때쯤 돌아왔을 때 세미가 깡충거리며 다가와서는 그의 팔을 잡아끌었다.

"따라와 봐! 플래시 가져와!"

"왜 그래?"

"가보면 알아."

세미는 무슨 일인지 말하지 않고 그를 토끼집 쪽으로 끌고 갔다.

그 앞에 엎드려 있던 케르가 그를 보고 달려들었다. 다루는 플래시로 토끼집을 비춰보았다. 그리고 놀라서 세미를 돌아보고 속삭였다.

"새끼 낳았잖아?!"

"모두 일곱 마리야. 확실하진 않지만 그쯤 되는 것 같아."

"뭐어?! 일곱 마리나 낳았어?! 우와!"

그때부터 다루 남매와 케르는 그 앞에 죽치고 앉아 살다시피 했다. 무슨 일이 있을 때는 교대로 망을 보기도 했고, 밤에도 가끔씩 케르를 데리고 토끼집에 가보곤 했다.

일주일쯤 지나자 털이 제법 자란 새끼들이 꼬물거리며 돌아다니기 시작했고, 다시 한 주일이 가자 마구 뛰노는 새끼들로 토끼집은 비좁아 보였다.

그러던 어느 날 다루는 놀라운 광경을 목격하고 흥분한 나머지 그 자리에 한참 동안 못 박힌 듯 서 있었다.

토끼집 앞에는 일가족이 모두 나와 놀고 있었고, 그 무리 속에 케르도 끼어 있었다. 더욱 놀라운 것은 케르가 하는 행동이었다. 놈은 옆으로 비스듬히 드러누워 있었는데, 토끼 새끼들이 그의 젖을 빨고 있었다. 다른 새끼 한 마리는 케르의 얼굴 위로 기어오르려 하고 있었고, 케르는 흡족한 표정으로 새끼를 핥아주고 있었다. 다루의 말을 듣고 뛰어나온 세미는 도무지 믿기지 않는다는 표정으로 어쩔 줄 몰라 하다가 정신없이 사진을 찍어댔다.

"저럴 수가 없어. 저건 기적 같은 거야."

세미의 말에 다루는 고개를 끄덕였다.

"케르가 기적을 이룬 거야. 다른 개들 같으면 모두 물어 죽일 텐데 케르니까 저렇게 토끼를 사랑해 주는 거야. 근데 케르 젖이 나오나?"

"나올 리가 있어? 그냥 어미 흉내 내는 걸 거야. 저건 어미가 되고 싶다는 뜻이야."

"케르가 새끼를 낳으면 어떡하지?"

다루가 걱정스러운 얼굴로 묻자 세미는 단호하게 말했다.

"아무 새끼나 낳으면 안 돼. 똥개는 안 되고 족보가 있는 명견 새끼를 낳아야 해."

"그래 봐야 케르가 똥개인데 무슨 소용이 있어?"

"그래도 안 돼."

"난 똥개라도 케르가 좋아. 케르 같은 개는 없어. 허울뿐인 명견 같은 건 관심 없어."

그날 이후 케르는 날만 새면 토끼집 앞으로 달려가 토끼들하고 놀았다. 어미 흉내를 내면서 토끼 새끼들한테 젖을 빨리는 짓도 계속했고, 어미 이상으로 새끼들을 돌봤다.

그런데 그것을 목격한 사람들이 한두 명씩 생기면서 소문이 삽시간에 퍼지더니 하루 이틀 새에 순식간에 구경꾼이 불어나 그 일대가 장터처럼 붐비기 시작했다.

순하던 케르는 사람들이 다가와 토끼를 만지려고 하면 이빨을 드러내고 위협적으로 으르렁거렸다. 놈은 일정 거리 이상으로 사람들이 접근하는 것을 허용하지 않았다.

그 때문에 사람들은 먼발치에서 구경하면서 사진을 찍어 댔다. 사람들이 더 극성스러워지면 케르는 토끼들을 집 안으로 몰아넣고 그 앞을 지켰다.

구경꾼들이 몰려드는 바람에 다루는 큰 고민에 빠졌다. 언제까지 그러고 있을 수는 없기 때문에 어떻게든 토끼 가족을 다른 곳으로 안전하게 이주시켜야 했다.

그런데 그것이 쉬운 일이 아니었다. 토끼 가족이 그가 하자는 대로 마음대로 따라줄 리 만무했다. 케르는 사람들 때문에 밤에도 토끼집을 지켰다. 케르가 안됐지만 무슨 일이 일어날지 모르기 때문에 다루는 대책을 마련할 때까지 케르가 하는 대로 내버려 두었다.

사람들이 몰려들기 시작한 지 일주일쯤 되던 날에는 방송국 사람들이 카메라를 들고 나타났다. 심상치 않은 것을 느꼈던지 케르는 재빨리 토끼들을 안으로 몰아넣고 그 앞에 경비견처럼 버티고 섰다. 방송국 사람들은 방송에 내보낼 거라고 하면서 다짜고짜 카메라를 들이대면서 여러 가지 주문을 했다. 다루는 이야기를 듣고 나서 한마디로 거절했다.

"안 돼요. 찍으면 안 돼요."

"왜 안 된다는 거니?"

"방송에 나가면 사람들이 더 많이 몰려올 텐데, 안 돼요. 토끼들이 놀라서 도망가 버릴지도 몰라요."

방송국 사람들이 난처해하고 있을 때 연락을 받고 구청 공무원들이 나타났다. 그들은 방송국 사람들과 잘 아는 사이인지 서로 반갑게 악수를 한 다음 한쪽으로 가서 이야기를 나누었다. 잠시 후 구청 과장이라는 사람이 다루에게 다가와 어깨를 다독거렸다.

"아버지는 잘 계시니?"

"일 나가셨어요."

과장은 다루네가 숲 속에 캠핑카를 주차시켜 놓고 생활할 수 있도록 여러 가지 행정적인 편의를 봐주고 있는 사람이었다.

다루도 그것을 알고 있기 때문에 그 앞에서는 고분고분하지 않을 수 없었다.

"이야기는 들었다. 이렇게 사람들이 많이 오는 줄은 몰랐다. 아이들이 많이 왔구나."

수십 명이나 되는 구경꾼을 둘러보면서 과장이 말했다.

"사람들이 갑자기 몰려와서 고민이에요."

"그걸 보고 뭐라고 하는지 아니?"

"모르겠는데요."

"행복한 고민이라는 거야."

"아, 아니에요. 조금도 행복하지 않아요."

"하여튼 너하고 케르는 우리 구의 자랑거리다. 얼마 전에는 사람 목숨까지 구하더니 이번에는 이런 기막힌 볼거리까지 보여주고. 역시 넌 보통이 아니야."

과장은 방송국 사람들에게 작은 소리로 속삭였는데, 다루를 가리키며 천재 어쩌고 하는 것 같았다. 다루는 그 말에 질겁하고 딴청을 부렸다.

"다루야, 그렇지 않아도 청장님에게 말씀드려 너에게 장학금과 상을 주기로 했다. 자세한 것은 나중에 알려줄 테니까 그렇게 알고 있어. 그건 그렇고, 에또, 그걸 좀 보여줄 수 없니? 말로만 들었는데, 케르가 토끼 새끼들을 보살피면서 젖까지 준다며?"

다루는 거절하기가 난처해서 머뭇거렸다.

"방송국에서 일부러 나오셨는데 그냥 보낼 수야 없잖니? 그건 큰 실례야."

"알겠는데요, 한 가지 부탁이 있어요."

"음, 뭔데?"

"토끼들을 동물원에 보내고 싶어요. 이대로 여기 둘 수는 없어요."

"알았어. 그건 내가 알아서 할 테니까 걱정하지 마."

"여긴 너무 위험해요. 고양이도 위험하고 다른 개들이 눈치를 채고 달려들려고 해요."

"음, 그렇구나. 알았다."

과장이 어깨를 두드리자 다루는 케르의 귀에다 대고 속삭였다.

"괜찮으니까 이제 토끼 나오라고 해. 내가 있으니까 안심하고. 알았지?"

머리를 쓰다듬으면서 토끼집을 가리키자 케르는 꼬리를 살랑살랑 흔들면서 그의 눈치를 보다가 이윽고 토끼집 앞으로 바싹 다가서서 낑낑대기 시작했다. 다루도 바위 틈새에다 대고 휘파람을 불었다.

그러자 잠시 후 토끼 한 마리가 상체를 내밀면서 귀를 쫑긋거렸다. 케르가 좋아서 어쩔 줄 모르며 혀로 얼굴을 핥아주자 다른 놈들까지 몰려나와 케르에게 달려들었다. 마지막으로 어미 토끼가 나타나자 케르는 안심하고 벌렁 드러눕더니 토끼 새끼들에게 젖을 빨리기 시작했다. 방송국 카메라가 그 장면을 찍어대는 것을 보고 구청 과장이 감탄 어린 목소리로 이렇게 말했다.

"내 평생 개가 토끼한테 젖 먹이는 건 처음 보네. 거참, 저럴 수도 있네."

"얼마 전에 텔레비전에서 봤는데 개가 고양이 새끼한테 젖을 주던데요. 개하고 고양이는 견원지간 아닙니까?"

"개하고 원숭이가 견원지간이지."

"개하고 고양이도 사이가 안 좋습니다."

"세상에는 희한한 일들이 많아."

그들이 주고받는 말을 잠자코 듣고 있던 다루가 한 마디 했다.

"로마를 처음 건설한 쌍둥이 형제 로물루스와 레무스도 늑대 젖을 먹고 자랐잖아요."

그들은 어리둥절해서 다루를 쳐다보았다.

"뭐라고? 말이 너무 빨라서 못 알아듣겠다. 다시 한 번 말해봐."

"로마가 세워지기 전에 거기에는 알바롱가라는 왕국이 있었어요. 트로이 전쟁에서 패한 사람들이 쫓겨 와서 세운 왕국인데 오랫동안 지속했어요. 그 왕국의 한 왕이 죽자 동생이 왕위를 차지했고, 전왕의 딸인 레아 실비아가 자식을 못 낳게 그녀를 신을 섬기는 무녀로 만들어 버렸어요. 실비아가 아들이라도 낳으면 왕위를 찬탈한 자신이 곤란해지기 때문이었죠. 하지만 실비아는 어느 날 잠든 사이에 전쟁의 신인 마르스의 아기를 갖게 돼요. 마르스가 실비아한테 반해서 지상으로 내려와 잠든 실비아를 욕보인 거지요. 얼마 후 실비아는 쌍둥이 아들을 낳았는데 바로 그들이 로물루스와 레무스예요. 그것을 알고 왕은 실비아를 감옥에 가두고 두 쌍둥이 아들은 바구니에 담아 테베레 강에 버리게 했어요. 두 쌍둥이를 담은 바구니는 테베레 강 하류까지 흘러가 갈대숲에 걸려 멈췄는데, 그때 마침 어미 늑대가 그 옆을 지나가다가 그들을 발견하고는 동굴로 데리고 가서 젖을 먹였어요. 굶어 죽을 뻔했던 아기들은 늑대 젖을 먹으면서 건강하게 자랐고, 나중에 커서 왕에게 복수하고 로마를 세웠어요. 로마를 세우기 전에 쌍둥이 형제는 얼굴이 닮아 누가 왕이 돼야 할지 결정하기가 난감했는데, 그런 것 때문에 형제 사이가 나빠지기 시작했어요. 결국 두 형제는 분할 통치하기로 하고, 로물루스는 팔라티누스 언덕 일대를, 레무스는 아벤티누스 언덕 일대를 차지하고 세력을 넓혀 나갔어요. 그러다 보니까 서로 충돌하게 되고, 형제는 싸움 끝에 로물루스가 레무스를 죽였어요. 그런 일이 있고 나서 로물루스는 로마를 세웠는데, 로마라는 이름은 바로 로물루스라는 이름에서 따온 거라고 해요."

구청 직원들은 처음 들어본 이야기인 듯 호기심 어린 표정으로 듣고 있었는데, 자기들도 모르는 것을 어린 소년이, 그것도 외우기 어려운 외국 이름을 거침없이 술술 말하는 것을 보고 조금은 부끄러워도 하면서 적잖게 놀란 것 같았다.

"그런 거 다 어떻게 알았냐? 학교에서 배웠니?"

과장이 머리를 쓰다듬어 주면서 물었다.

"아뇨. 학교에서는 그런 거 안 가르쳐요."

"그럼 어떻게 알았지?"

"전설과 신화에 관한 책은 많잖아요."

"책을 많이 보는 모양이구나."

"많이 보고 싶은데 시간이 없어요."

"작년에 로마에 갔을 때 유난히 늑대 조각이 많더라구요. 그게 그러니까 그거였구나. 근데 그건 건국신화지 사실이 아니잖아?"

젊은 직원이 물었다.

"네, 맞아요. 신화지만 얼마 전에 그 늑대가 살았던 동굴을 발견했대요. 사실일 수도 있다는 거죠."

"로물 뭔가 하는 사람이 로마를 세운 게 언제지?"

"기원전 753년 4월이에요. 그리스에서 4년마다 열리는 올림피아 경기도 6회나 지났을 때예요. 바야흐로 세계는 신화와 전설의 시대를 지나 역사 시대로 들어서 있었어요."

과장은 입을 약간 벌린 채 멍하니 다루를 바라보다가 느닷없이 이런 제안을 했다.

"다루야, 너 그럴 게 아니라 우리 구청 문화센터에 와서 강의 하나 해줄래?"

이번에는 다루 쪽에서 어리벙벙한 표정을 지었다.

"문화센터에서는 유명 인사들을 초대해서 아줌마, 아저씨들을 상대로 여러 가지 강의를 하고 있거든. 아무거나 좋으니까……."

다루는 두 손으로 입을 가리면서 웃음을 터뜨렸다.

"말도 안 돼요!"

"초등학생이 강의한다고 하면 호기심에서라도 많이들 올 거야. 야, 어른들이라고 별 수 있는 줄 아니? 어리석게 나이들만 먹었지 무식하기 짝이 없어."

"아이구, 전 그런 거 못해요!"

다루가 손사래를 치면서 물러가자 구청 직원들은 한마디씩 했다.

"쟤처럼 책을 많이 읽어야 하는데 우리 애는 통 책을 안봐요. 집에 오면 테레비 아니면 게임만 해요."

"우리 애도 그래. 아무리 타일러도 마찬가지야."

다음 날 토끼는 동물원으로 옮겨졌다. 동물원에서는 야생 토끼이기 때문에 받아주는 거라고 했다. 토끼를 옮길 때 케르는 캠핑카 안에 갇혀 있었다. 그에게 토끼가 떠나는 것을 보여주지 않기 위해 일부러 가둬두었던 것이다.

토끼들이 차에 실려 떠난 직후 케르를 풀어주자 놈은 부리나케 토끼집으로 달려가더니 안에서 아무 기척이 없자 미친 듯이 그 앞을 맴돌면서 낑낑거리기도 하고 멍멍 하고 짖어대기도 하면서 좀처럼 그 앞을 떠나려고 하지 않았다. 젖까지 빨리던 토끼 새끼들이 갑자기 사라졌으니 그로서는 안타깝고 슬펐을 것이다.

한참 그러고 나더니 케르는 토끼집 앞에 납작 엎드려 날이 저물 때까지 꼼짝도 하지 않았다. 토끼들이 나들이 갔다고 여기고 그들이 돌아오기를 기다리고 있는 것 같았다. 제풀에 지쳐서 돌아올 줄 알았던 케르가 날이 어두워져도 돌아오지 않자 다루는 걱정이 돼서 그곳으로 가보았다. 케르는 그가 나타나자 그를 한번 힐끗 쳐다보고 나서는 그대로 엎드려 버렸다. 케르의 감정을 알고 있는 다루는 케르를 쓰다듬어 주면서 달랬다.

"케르야, 토끼 새끼들은 모두 동물원으로 갔어. 같이 살면 좋겠지만 주위 환경이 그걸 허락지 않아. 구경꾼들이 몰려오고 다른 개들도 호시탐탐 토끼들을 노리고 있기 때문에 여기서는 도저히 더 이상 기를 수가 없었어. 그래서 동물원으로 보낸 거야. 동물원은 좀 답답하겠지만 여기보다는 훨씬 안전하고 식사도 좋으니까 아무 탈 없이 잘 자랄 거야. 보고 싶겠지만 할 수 없잖니. 정 보고 싶으면 나중에 한번 동물원에 데려갈게. 자, 착한 케르, 집에 가야지?"

몇 번 그렇게 달래고 어르자 케르는 맥 빠진 모습으로 몸을 일으키더니 천천히 허공을 올려다보았다. 밤하늘에는 둥근 보름달이 떠 있었다. 가끔씩 구름이 지나가면서 달을 가리긴 했지만 구름이 가고 나면 달은 더욱 탐스러운 모습을 드러내곤 했다.

그때였다. 갑자기 케르가 달을 향해 울기 시작했다.

우우우우---- 우우우우------

고개를 쭉 빼고 달을 향해 처량하도록 길게 뽑아내는 그 울음소리는 지금까지 들어온 케르의 울음소리와는 완전히 다른 이상한 울음소리였다.

우우우우----- 우우우우----- 우우우우------

케르의 이상한 울음소리에 갑자기 사위가 쥐 죽은 듯 조용해지는 것 같았다. 풀도 나무도, 곤충과 짐승도 모두 그 소리에 놀라 조용해진 것 같았다. 모두가 겁에 질린 것 같았다. 문득 어디서 들어본 울음소리 같다는 생각이 들었다.

그와 함께 '늑대 울음소리야!' 하는 외침이 터져 나올 뻔했다. 실제로 늑대가 우는 것을 본 적은 없지만 늑대가 등장하는 영화에서 그와 같은 울음소리를 몇 번 들은 적이 있다.

지금 케르의 울음소리는 영화에서 본 늑대들의 울음소리와 아주 흡사했다. 얼마 전 시베리아를 무대로 찍은 다큐멘터

리 영화에서도 늑대들이 눈 덮인 들판에서 달빛으로 푸르스
름해진 밤하늘을 향해 똑같은 모습으로 울부짖고 있는 것을
본 적이 있는데 그때 그들의 울음소리도 지금 케르의 울음소
리와 같았다.

"케르! 그렇게 울면 안 돼!"

다루는 하마터면 케르를 제지할 뻔했다.

그러나 곧 생각을 고쳐먹고 굳이 그럴 필요가 있을까 하는
생각이 들었고, 그러자 자기도 늑대 흉내를 내서 한번 울어보
고 싶은 생각이 들었다.

달을 쳐다보자 갑자기 온몸이 뜨거워지면서 달이 가슴 속
으로 들어와 몸뚱이를 밤하늘로 두둥실 들어 올리는 것 같았
다. 늑대 울음소리를 내던 케르는 더 이상 짖는 것을 그만두
고 주위를 맴돌고 있었다.

케르, 이번에는 내 차례야. 네가 늑대라면 난 늑대 소년이
야. 한번 들어봐. 속으로 중얼거리고 난 다루는 고개를 뒤로
젖힌 채 달을 향해 늑대처럼 울기 시작했다.

우우우우----- 우우우우----- 우우우우-----
우우우우----- 우우우우----- 우우우우-----

114

주위를 맴돌고 있던 케르가 문득 움직임을 멈춘 채 다루의 울음소리에 귀를 기울이는 것 같았다. 그리고 다루의 울음소리가 채 끝나기도 전에 아까처럼 우우우 하고 울기 시작했다.

우우우우----- 우우우우----- 우우우우-----
우우우우----- 우우우우----- 우우우우-----

그들은 교대로 늑대처럼 달을 보고 짖었다. 다루와 케르가 울어대는 늑대 울음소리는 숲 속을 빠져나가 아파트 단지 쪽으로 멀리까지 퍼져 나갔다.

한바탕 늑대 흉내를 내고 나자 다루는 속이 다 후련해지는 것 같았다. 그는 케르의 이마를 쓰다듬어 주면서 다정하게 말했다.

"자, 이제 집에 가자. 토끼들은 딴 데로 이사 갔어. 여기서 밤을 새울 수는 없잖니. 자, 가자, 케르."

그가 앞장서서 걸어가자 케르는 머뭇거리다가 포기한 듯 고개를 떨어뜨린 채 힘없이 따라오기 시작했다.

다루는 그에게 몹쓸 짓을 한 것 같아 죄책감과 함께 마음이 아려왔다.

지리산에 가다 · · · 🐺

여름방학이 되자 다루 남매는 지루해지고 따분한 생각이 들었다. 남들은 바캉스다 뭐다 해서 온 식구가 시원한 바다와 산으로, 또는 해외로 여행을 떠나는데 그들은 아무 데도 가지 못하고 비좁은 캠핑카 안에서 지내려니 답답하고 짜증이 날 수밖에 없었다.

그러던 어느 날, 아버지가 뜻밖의 제안을 했다. 지리산 종주를 하지 않겠느냐는 것이다. 그것이 정확히 무엇인지도 모른 채 다루와 세미는 산에 가자는 말에 무턱대고 발을 구르며 환호성을 질렀다.

"가요! 당장 가요!"

형편이 어려워 아무 데도 데려가지 못하는 아이들이 안쓰러워 모처럼 큰맘 먹고 시간을 낸 것이지만 유씨 자신도 너무나 오랜만에 떠나는 여행이라 마음이 설레기는 마찬가지였다. 건설 현장의 일은 마지막 마무리 공사가 막 끝난 참이라 다음 공사가 시작될 때까지는 보름 남짓 여유가 있었고, 밤업소 출연은 마침 그가 나가는 나이트클럽에 화재가 나는 바람에 내부 공사가 끝나기까지는 시간이 걸릴 것 같았다.

산을 좋아하는 그는 아내가 살아 있을 때까지만 해도 일년에 한 번씩은 시간을 내어 지리산 종주 산행을 하곤 했다. 지리산 기슭에서 태어나 자란 그는 지리산을 유난히 좋아했고, 지리산에 자주 오르내리다 보니 등산로와 골짜기, 숨어 있는 암자와 옹기종기 모여 있는 작은 마을들, 높고 낮은 무수한 봉우리, 야생초와 산짐승들, 사람의 발길이 닿지 않은 군락지와 비경에 대해서까지 제법 많이 알게 되었고, 그래서 언젠가는 지리산의 모든 것에 관한 정보를 담은 책자를 하나 만들어보고 싶은 적도 있었다.

그러나 한편으로는 그런 것들을 책자로 만들어 시중에 배포하면 많은 사람이 지리산 속살까지 파고들어 생태계를 망칠 것만 같은 생각이 들었고, 그럴 바에는 차라리 혼자만 알고 있는 게 좋을 것 같아 책자 만드는 것은 포기하고 말았다.

그렇게 좋아하던 산이지만 아내가 세상을 떠나고 생활에 쪼들리면서부터는 거의 산을 찾지 않았다. 기껏해야 동네 뒷산이나 한 바퀴 돌고 오는 정도였고, 높고 깊은 산, 특히 지리산은 점점 더 멀어지고만 있었다. 죽은 아내도 산을 좋아해서 그녀가 눈을 다치기 전까지는 함께 자주 산에 오르곤 했다.

그런데 그녀가 한쪽 눈을 잃게 되면서부터는 높은 산에 함께 오르는 것이 어려워졌고, 하는 수 없이 그는 혼자 산에 올라야 했다. 아내는 한쪽 눈을 잃게 되자 험한 등산로에서 시야 확보가 무디어지고 균형 감각이 흔들리면서 자주 넘어지곤 했다. 몇 번 그렇게 넘어지면서 다치게 되자 그녀는 높은 산에 가는 것을 포기했고, 그러면서도 그에게는 혼자서라도 산에 다녀야 한다면서 그의 등을 떠다밀곤 했다.

아이들을 데리고 산행을 한다고 해서 많은 돈이 드는 것도 아니었다. 먹고 자는 것을 모두 캠핑카에서 해결하면 아주 적은 비용으로도 알찬 여행을 할 수 있을 것이고, 그래서 그는 생각 끝에 지리산 종주 산행을 택한 것이다.

그렇다고 산행만 끝내고 돌아오는 것은 아니었다. 오면서 가면서 그는 볼 만한 곳들을 여기저기 돌아볼 생각이었다.

다루는 아버지한테서 산에 가자는 말이 떨어지기 무섭게 지리산 지도를 펼쳐 놓고 질문을 퍼부어대기 시작했다.

"아빠, 종주라는 건 끝까지 간다는 말인데, 어디서부터 어디까지를 말하는 거예요?"

"음, 그건 지리산 주능선을 보면 쉽게 알 수 있어. 지리산은 서쪽에서 동쪽으로 능선이 길게 뻗어 있는데 주능선 길이만 25.5킬로미터야. 주능선은 여기 노고단에서 최고봉인 천왕봉까지를 말해."

그는 형광펜으로 지리산 주능선을 왼쪽부터 오른쪽으로 길게 그었다.

"25킬로면 얼마 안 되네요. 전 아주 긴 줄 알았는데, 하루면 갈 수 있겠네요."

다루의 자신만만한 말에 유씨는 씨익 웃었다.

"지도를 보면 간단한 것 같지만 실제 걸어보면 그렇게 간단하지가 않아. 우리는 왼쪽에서 오른쪽으로 갈 건데, 첫 번째 봉우리인 노고단은 1,507미터이고 마지막 봉우리인 천왕봉은 1,915미터야. 천왕봉은 남한에서 제일 높은 봉우리지. 그런데 노고단에서 천왕봉까지는 반야봉, 토끼봉, 칠선봉, 촛대봉 등 1,500미터 이상의 봉우리만도 열여섯 개나 있어. 이것들을 이어놓으면 이렇게 활처럼 굽은 지리산 주능선이 되고, 사람으로 말하면 등뼈라고 할 수 있어."

"그 높은 봉우리를 모두 넘어가야 해요?"

세미가 눈을 동그랗게 뜨고 물었다.

"아니, 그렇지는 않아. 봉우리까지 올라가지는 않지만 봉우리 밑으로 나 있는 언덕들을 넘어야 하기 때문에 쉽지는 않아. 하지만 겁먹을 건 없어. 마음만 굳게 먹으면 누구나 할 수 있어. 그리고 알아둬야 할 건 주능선 25.5킬로만 걸으면 끝나는 게 아니라 거기다 산을 끊임없이 오르내리고 정상에 오른 다음에는 또 몇 시간 동안 내려가야 하기 때문에 그런 것 저런 것 모두 합치면 우리가 걸어야 할 실제 길이는 총 50킬로쯤 돼."

"네에?! 그렇게 길어요?"

이번에는 다루가 눈을 크게 뜨고 물었다. 그는 50㎞라는 거리가 얼마나 먼 거리인지 감이 안 왔고, 그래서 두 눈을 끔벅거리다가 다시 물었다.

"50킬로를 걸으려면 얼마나 걸려요?"

"우리 걸음으로 부지런히 걸으면 이틀쯤 걸릴 거다."

"그럼 이틀 동안 자지도 않고 계속 걷는 거예요?"

세미가 겁먹은 얼굴로 물었다.

"그렇지 않아. 곳곳에 산장이 있으니까 산장에서 숙박하면서 갈 거야. 너희한테는 이틀에 종주를 끝내는 것이 좀 힘들 테니까 하루 더 늘여서 3일에 끝낼 거야. 그러니까 하루에

20킬로 정도씩, 이틀 동안에 40킬로를 걷고 마지막 날은 10킬로만 걸으면 2박 3일 만에 끝내는 거지. 그렇게 하면 별로 힘들지 않고 쉬엄쉬엄 종주할 수 있어. 바쁘게 종주하는 것보다 산에서 하루 더 자면서 가는 게 좋잖아. 하지만 그것도 힘들면 하루 더 연장해서 3박 4일로 할 수도 있어."

"좋아요! 전 길수록 좋아요!"

다루가 눈을 반짝이며 말했다.

"전 자신 없어요."

처음에 그렇게 좋아하던 세미는 아버지의 이야기를 듣고 나더니 풀이 죽어 말했다.

"난 너희가 충분히 해낼 거라고 생각해서 말한 거야. 사실대로 말하면 지리산 종주는 어른들한테도 힘든 코스야. 그래서 너희한테 억지로 권할 생각은 없어. 하지만 아빠하고 같이 가면 얼마든지 해낼 수 있을 거라고 생각해. 아빠 생각이 그러니까 정 자신이 없으면 안 가도 돼."

"안 돼요! 모두 함께 주파해야 의의가 있잖아요. 케르도 함께 갈 거예요. 우리 모두 산에 갈 건데 혼자서 뭐 할 거야?"

다루가 턱을 내밀고 말하자 세미는 입을 삐쭉거렸다.

"혼자 잘해봐."

"함께 지리산 종주를 하고 나면 좋은 추억이 될 거야. 그리고 세상을 살아가는 데 자신감도 생기고 말이야. 지리산은 우리 한반도의 뿌리 같은 곳이야. 그 뿌리가 어떻게 생겼는지 두 발로 직접 밟아가면서 살펴보면 우리나라가 얼마나 좋은 나라인지 알게 될 거고, 자기도 모르는 사이에 국토 사랑을 하게 될 거야."

"만일 가다가 너무 힘들어 걸을 수가 없으면 어떡해요?" 세미가 물었다.

"그런 일은 없을 거야. 왜냐하면 자주 쉬면서 쉬엄쉬엄 가니까 충분히 걸어갈 수 있어. 자신감을 가지고 출발하면 벌써 절반은 간 거나 마찬가지야."

"곰 만나면 어떡해요?"

세미는 아무래도 걱정거리가 많은 것 같았다.

"어휴, 별 걱정 다 하네. 곰 만나면 우리 케르가 상대해 줄 거니까 하나도 걱정할 거 없어."

"흥, 곰이 보면 웃겠다. 케르가 곰 상대가 되니? 앞발로 한 번 탁 치면 나동그라질 텐데. 얻어맞고 나면 나 살려라 하고 줄행랑칠 거야."

"웃기지 마. 케르가 그렇게 만만한 줄 알아. 케르는 영리해서 요리조리 피하면서 얼마든지 곰을 상대할 수 있어. 아빠, 곰이 정말 나타날까요?"

"글쎄, 그동안 자연 방사한 반달곰이 몇 마리 있다는 건 들었는데… 사람들이 많이 다니는 등산로엔 안 나타날 거야. 그런 걱정은 안 해도 돼."

"차는 어떻게 해요? 차를 타고 종주할 수는 없잖아요? 캠핑카 가져갈 거죠?"

"물론이지. 차는 출발 지점에 안전하게 주차해 놓을 거니까 걱정할 거 없다. 산행 끝나면 차 있는 데로 돌아와야 하는 게 좀 번거롭긴 하지만 그 정도야 감수해야지."

"아빠, 언제 출발할 거예요?"

"오늘이 일요일이니까 3일 후인 수요일에 출발하자. 주말은 등산로뿐만 아니라 산장에도 사람들이 많아 피하는 게 좋아. 화요일까지는 완전히 준비를 끝내고, 수요일 아침 일찍 출발한다."

등산을 많이 해본 유씨는 지리산 종주 산행에 필요한 것이 무엇인지 훤히 알고 있었다. 그는 우선 두 가지 원칙을 정해 놓고 하나하나 준비를 해 나갔다.

그 원칙이란, 첫째, 나이 어린 자식들을 데리고 길고 힘든 산행을 하는 만큼 절대 무리해서는 안 된다는 것이다. 지리산 종주 코스에는 중간 중간에 하산길이 많이 있기 때문에 아이들이 지치거나 몸이 안 좋으면 언제라도 산행을 중단하고 내려올 생각이었다. 두 번째 원칙은 짐을 최소한으로 가볍게 꾸려야 한다는 것이다. 장거리 산행에서 가장 방해가 되는 것은 무거운 짐이다. 그것은 경험에서 얻은 교훈이다.

다루와 세미는 지리산 종주 산행을 하기로 약속한 바로 그날 아버지를 따라 가까운 등산용품 판매점에 가서 배낭과 등산화, 등산 양말, 우비 등 산행에 필요한 것들을 구입했다. 다루와 세미는 두툼한 등산화보다는 평소 신고 다니는 운동화를 신고 가겠다고 했지만 아버지의 반대로 할 수 없이 마음에도 없는 등산화를 샀다.

"가벼운 산행이면 몰라도 장기 산행에서는 운동화는 발바닥이 아프고 방수가 안 되기 때문에 안 돼. 가장 중요한 것이 신발로, 방수가 되고 가벼우며 통풍이 잘되는 등산화를 반드시 신어야 해. 그렇지 않으면 발바닥에 물집이 생기고, 발이 아파서 걸을 수가 없게 돼."

듣고 보니 아버지의 말씀이 백번 옳은 것 같아 그들은 아버지가 골라주는 등산화를 몇 번 신어보고 나서 각자 한 켤레씩 구입했다.

다루는 아버지가 산행에 필요한 물건들을 챙기는 모습을 곁에서 가만히 지켜보았다.

아버지는 서두르지 않고 하나하나 꼼꼼히 챙겨 나갔다. 플래시, 비상식량, 칼, 갈아입을 옷가지, 라이터, 성냥, 버너, 밑반찬, 라면, 쌀, 볼펜, 메모지, 소형 라디오, 나침반, 밧줄, 모자, 면장갑, 비상약, 수건, 수저, 줄, 바르는 모기약, 코펠, 침낭, 소형과 대형 텐트 두 개 등등. 대형 텐트와 침낭은 산행 때는 짐이 무거워 가져가지 않지만 산행을 끝내고 나서 캠핑할 때 필요하기 때문에 가져가는 것이었다.

수요일 아침 일찍, 아직 해가 뜨기 전에 다루네 가족을 태운 캠핑카는 조용히 동네를 빠져나왔다.

일찍 서두르면 날씨가 더워지기 전에, 그리고 차량 통행이 많아지기 전에 고속도로를 달릴 수가 있어 유씨는 새벽에 길 떠나는 것을 좋아했다.

아이들은 아직 자고 있었지만 케르는 운전석 옆자리에 올라앉아 정면을 물끄러미 바라보고 있었다. 한쪽 눈만 가지고는 시야 확보가 시원치가 않을 텐데도 불구하고 정면에서 시선을 떼지 않고 있었다. 고속도로는 아직 어둠 속에 잠겨 있었고, 차들은 시원하게 펼쳐져 있는 도로 위를 마음 놓고 질주하고 있었다.

하지만 유씨는 절대 시속 백 킬로 이상으로 달리지 않고 그 이하로 속도를 유지한 채 서행하고 있었다.

한 시간쯤 지나자 여명이 밝아오면서 산과 들이 뚜렷한 모습으로 시야에 들어오기 시작했다. 그리고 얼마 후 하늘에 붉은 기운이 감돌더니 그 기운이 슬그머니 자취를 감추면서 그 자리에 눈부신 햇빛이 쏟아져 내렸다.

햇빛은 하늘과 대지, 고속도로와 그 위를 달리는 차들을 한순간에 생의 환희로 가득 찬 색깔로 칠해놓았다.

유씨는 숨을 크게 들이마시면서 오른손을 뻗어 케르의 이마를 쓰다듬어 주었다.

"케르야, 아름답지?"

그는 턱으로 앞을 가리켰다. 케르는 앞을 쳐다보고 나서 그를 올려다보았다. 그리고 속으로 말했다.

"너무 좋아요. 그리고 상쾌해요."

케르의 눈이 그렇게 말하고 있었다.

"여행 좋아하니?"

"아주 좋아해요. 하지만 혼자 여행하는 건 싫어요. 다 함께 가니까 너무 좋아요."

케르가 꼬리를 살랑살랑 흔들었다.

"여행은 좋은 거야."

차는 어느새 호남고속도로를 달리고 있었다. 휴게소에 들어가 차를 세우고 난 유씨는 아이들을 깨웠다.

126

다루는 깨자마자 케르에게 사료부터 주었다. 케르가 아침 식사를 하고 나자 그를 차에서 데리고 나와 소변을 보게 한 다음 식당 앞에 앉아 있게 했다.

그를 식당 안으로 데려가고 싶지만 사람들의 따가운 눈총이 싫어서 그럴 수가 없었다. 개에 대한 사람들의 일반적인 생각을 다루는 잘 알고 있었다. 개는 한낱 동물이고 격이 낮기 때문에 인간과 같은 수준으로 대접을 받을 수는 없다. 보신탕으로 잡아먹기도 하기 때문에 개를 천대한다고 해서 하등 이상할 것은 없다. 개가 식당에 출입하는 것은 말도 안 되고, 열차나 버스 같은 데 탑승해서도 안 된다. 개는 개일 뿐이다. 사람들은 이렇게 생각하고 있다.

그리고 개를 무서워하거나 싫어하는 사람들이 의외로 많았다.

"케르, 어디 가지 말고 여기 앉아 있어야 한다?"

다루가 바닥을 가리키며 말하자 케르는 알겠다는 듯 꼬리를 흔들었다.

유씨와 다루 남매는 식당 안으로 들어가 아침 식사를 주문했다. 유씨는 콩나물 해장국을 시켰고, 다루와 세미는 똑같이 짜장면을 시켜 먹었다.

식사를 마치고 나오니 조그만 강아지 한 마리가 케르 앞에서 폴짝거리면서 짖어대고 있었고, 사람들이 둘러서서 그것을 지켜보고 있었다.

"애꾸 아니야? 불쌍하다."

젊은 여자가 말했다.

"이상하게 생겼어."

일행인 듯한 다른 젊은 여자가 말했다.

강아지가 열심히 짖어대고 있었지만 케르는 아무 반응을 보이지 않은 채 그 자리에 꼼짝하지 않고 앉아 있었다.

까불지 마라. 상대하기 싫으니 얼른 꺼져. 케르는 이렇게 말하고 있는 것 같았다.

"케르, 가자."

다루가 나타나자 케르는 냉큼 뛰어 일어났다. 다루는 숲이 우거져 있는 쪽으로 가서 케르와 뒹굴며 놀다가 20분쯤 지나 캠핑카로 돌아갔다.

전주와 남원을 거쳐 종착지인 구례에 도착한 것은 오전 11시 경이었다.

구례는 뒤로 지리산이 병풍처럼 쳐져 있고 앞으로는 섬진강이 휘돌아 흐르는 아름다운 고장이었다. 차에서 내린 다루가 앞에 장엄한 모습으로 버티고 있는 산을 가리키며 물었다.

"저게 지리산이에요?"

"그래. 멋있지?"

"우와, 정말 높다. 저 산을 넘어야 해요?"

세미가 물었다.

"음, 저건 지리산의 한쪽 면일 뿐이야. 저쪽으로 수십 킬로에 걸쳐 뻗어 있어."

유씨는 캠핑카를 구례읍에 있는 주차장에 세워놓은 다음 마지막으로 짐을 챙겨 들고 밖으로 나왔다. 배낭 하나씩을 등에 지고 먼저 나와 있던 다루와 세미는 아버지의 배낭이 엄청나게 큰 것을 보고 놀라는 표정을 지었다.

"아빠, 무슨 짐이 그렇게 커요? 짐을 가볍게 해야 한다고 하셨잖아요?"

"보긴 커 보여도 무게는 얼마 안 나가. 자, 가자."

그들은 버스 터미널로 가서 성삼재행 버스에 올랐다.

"지리산에 차도가 생기지 않았을 때는 종주를 하려면 화엄사에서부터 걸어서 올라가야 했다. 노고단까지 약 10킬로인데 급한 경사면이라 힘들고 시간이 오래 걸리지. 종주 시작부터 기운이 빠져 사람들은 그 코스를 꺼렸지. 그러다가 지리산을 관통하는 차도가 생기자 사람들은 기다렸다는 듯 차를 타고 올라가기 시작했어. 성삼재까지 차를 타고 올라간 다음 한 시간쯤 걸어 올라가면 바로 노고단이거든. 그러니까 그렇게 편한 식으로 종주를 시작하게 된 거야. 저기가 화엄사 입구야."

달리는 차 창 밖을 손으로 가리키며 유씨가 말했다.

화엄사 입구 쪽은 상가와 모텔 같은 숙박 시설들로 들어차 있었다.

"아빠, 그러면 화엄사 코스를 피해 차 타고 올라가서 종주를 시작하면 진짜 종주라고 할 수 없겠네요."

"정직하게 말하면 그렇다고 볼 수 있지."

"좀 비겁한데요."

"그건 마음먹기에 달린 거겠지. 진정으로 지리산 종주 길을 처음부터 끝까지 두 발로 걸으면서 지리산의 심오한 아름다움을 확인하고 싶은 사람이라면 좀 힘들더라도 차를 타지 않고 화엄사에서부터 걸어 올라가겠지. 그렇지 않고 쉽게, 그리고 빨리 종주를 하고 싶은 사람들은 화엄사 코스를 피해 차를 타고 올라가서 산행을 시작하겠지."

"그러니까 비겁하잖아요."

"그럼 우리가 비겁하다는 거야?"

앞자리에 앉아 있던 세미가 고개를 돌려 참견했다.

"부인할 수 없지."

"그럼 넌 화엄사에서부터 걸어 올라와라. 아빠하고 난 버스 타고 올라갈 거니까 있다가 노고단에서 만나자."

"너희는 아직 어리니까 화엄사에서부터 올라가는 건 무리야. 나중에 커서 한번 해봐."

지리산 종주 • • • 🐺

　버스는 굴곡이 심한 오르막길을 힘겹게 올라가고 있었다.

　유씨는 지리산 횡단로를 따라 오가는 차량을 볼 때마다 기분이 별로 좋지 않았다. 차도가 생기기 전에는 산이 워낙 높아서 함부로 산에 올라갈 수가 없었다. 나물이나 약초 캐는 사람들, 아니면 등산객 정도가 지리산에 오르곤 했다. 그것은 그만큼 지리산 생태계를 파괴하는 사람들 숫자가 적었다는 것을 의미한다.

　그러다가 느닷없이 노고단 아래 성삼재를 가로지르는 꼬불꼬불한 2차선 차도가 생기면서 상황이 백팔십도로 바뀌고 말았다.

그 도로는 전남 구례군 쪽에서 시작해서 천은사(泉隱寺) 앞을 지나 성삼재 고개를 넘어간다. 성삼재 고개에 서서 아래를 내려다보면 저 멀리 아스라이 펼쳐진 구례 평야와 섬진강이 한눈에 들어온다. 고개를 절개해서 만들어진 넓은 주차장과 비자연적인 상가들을 뒤로하고 고개를 넘어가면 길은 다시 꼬불꼬불 아래로 끝없이 내려가다가 이윽고 전라북도 남원의 달궁(達窮) 마을에서 똬리를 푼다.

그 횡단로 때문에 지리산은 두 동강이 나고, 갈기갈기 찢어진 산자락은 씻을 수 없는 상처로 남았다. 그러나 어리석기 짝이 없는 인간들이 자연에 가한 학대는 그 정도에서 끝나지 않고 매년 되풀이해서 그 정도가 심해지고 있다. 겨울이 지나 얼어붙었던 횡단로가 녹으면 다음 겨울이 올 때까지 봄, 여름, 가을 동안 내내 차를 타고 올라온 관광객들로 지리산은 몸살을 앓는다. 주말이면 수천 대의 차가 몰려와 차도가 막히는 것은 다반사고, 수천, 수만 명의 사람들이 몰려드는 바람에 지리산은 난장판으로 변하고 만다. 상가에서 하루 종일 흘러나오는 유행가 가락, 취객들의 고성방가, 짓이겨지고 부러진 잡초와 나뭇가지, 숲 속에 널린 쓰레기······. 산짐승들은 놀라서 꼭꼭 숨어버리고 잘난 인간들만 설쳐대는 지리산을 볼 때마다 유씨는 가슴이 저며 온다. 할 수만 있으면 그 길을 없애 버리고 싶다.

지리산 횡단로는 그 자체가 무자비한 생태계 파괴의 표본이나 다름없다. 그런데 더욱 한심스러운 것은 성삼재를 가로지르는 횡단로도 부족해서 지리산 등뼈를 잘라내는 대형 공사가 여기저기서 계속되고 있다는 사실이다. 앞으로 모든 공사가 끝나면 지리산은 사통팔달로 도로가 뚫려 사람들은 차를 타고 마음대로 지리산을 휘젓고 다닐 수가 있을 것이다.

평일인데도 성삼재에 오르는 차량은 꼬리를 물고 이어지고 있었다. 종점인 재에서 내리자 상가에서 쏟아내는 유행가 가락이 산 위로 울려 퍼지고 있었다.

차에서 내린 사람들은 웃고 떠들면서 상가 쪽으로 몰려가기도 하고 가파른 난간에 기대서서 경치를 감상하기도 하다가 갑자기 생각난 듯 노고단 쪽으로 올라가곤 했다. 대형 주차장에는 차가 가득 들어차 있었다.

다루와 세미는 아버지가 방향을 가리켜 주자 노고단을 향해 서로 경쟁이라도 하듯 잽싸게 걸어가기 시작했다. 케르도 신이 나서 꼬리를 흔들어대며 따라갔다. 잠시 후에 그들은 유씨의 시야에서 사라져 버렸다.

뛰다시피 너무 빨리 걸어가는 바람에 다루는 얼마 가지 못해 숨이 차서 헐떡거리기 시작했다. 키가 작은 그는 키가 크고 다리가 긴 세미보다 속도가 느릴 수밖에 없었다.

　얼마 가지 못해 그들 사이는 보이지 않을 정도로 떨어지고 말았다. 케르는 앞서 가는 세미가 부르면 얼른 그 뒤를 따라붙다가도 잠시 후면 도로 잽싸게 다루에게 돌아와 얌전히 옆에 붙어 서서 걸었다. 그는 세미와 다루의 비위를 맞추느라고 자기 딴에는 열심히 두 사람 사이를 오가고 있었지만 그의 마음 속에 자리 잡고 있는 진정한 주인은 역시 다루였다.

　유씨는 아무래도 짐이 무거웠기 때문에 천천히 걸을 수밖에 없었다.

　그러나 경험이 풍부하고 지리산 등산로에 대해 잘 알고 있는 그는 서두르는 기색이 없이 여유 있게 움직였다. 그리고 그에게는 아무리 짐이 무겁고 길이 험하더라도 그런 어려움을 극복해 낼 수 있는 인내심이 있었다. 그것은 생활고와 고된 노동을 통해서 길러진 것이었다.

　한 시간도 못 돼 노고단 산장에 도착한 세미는 1,500고지에서 불어오는 시원한 바람에 땀을 식히면서 온몸이 파란 하늘로 두둥실 떠오르는 것 같은 기분을 느꼈다. 정말 오기 잘했다고 몇 번이나 생각하면서 힘겹게 올라오는 사람들을 살펴보았지만 다루의 모습은 한참이 지나도 보이지 않았다.

　산장 주변의 넓은 공터는 많은 사람으로 붐비고 있었다.

등산객도 있었지만 노고단까지만 올라와 보려고 온 평상복 차림의 관광객들이 더 많은 것 같았다. 등산객들은 취사 준비를 하기도 하고, 좀 일찍 도착한 등산객들은 삥 둘러앉아서 벌써 식사를 하고 있었다. 그것을 보자 세미는 배가 고팠다.

세미는 바위 위에 걸터앉아 초콜릿을 먹으며 저 아래로 아득히 펼쳐져 있는 녹색의 너른 들을 눈을 가늘게 뜨고 바라보았다. 머리 위에서는 고추잠자리 한 마리가 맴을 돌고 있었다. 잠자리는 조심스럽게 내려오더니 세미의 손등에 살포시 내려앉았다.

세미는 잠자리가 도망갈까 봐 숨을 죽인 채 가만히 있었다. 그때 케르가 멍 하고 짖으면서 세미에게 달려들었다.

"깜짝이야!"

세미는 케르를 껴안으면서 몸을 일으켰다.

"너 혼자 왔니? 다루는?"

세미가 다루를 찾자 케르는 아래쪽으로 달려갔다. 수십 미터 떨어진 아래쪽에서 다루가 사람들 사이에 섞여 올라오고 있는 것이 보였다.

세미는 고소하다는 표정으로 다루를 바라보았다. 땀을 뻘뻘 흘리며 올라온 다루는 세미를 한번 흘겨보고 나서 수돗가로 달려가 차가운 물에 얼굴부터 씻었다.

이윽고 숨을 고르면서 다가온 그를 보고 세미가 기다렸다는 듯이 빈정거렸다.

"큰소리치더니 처음부터 그래 가지고 어떻게 종주하니?"

"걱정하지 마."

"30분이나 기다렸잖아."

"누가 빨리 오라고 했어? 아빠도 아직 안 오셨잖아."

"흥, 그래도 큰소리치는구나."

"길고 짧은 건 재봐야 해. 재보면 결과가 나오겠지. 아직 3일 남았어."

"아빠다!"

세미는 무거운 짐에 짓눌린 듯 걸어오는 아버지를 보고 뛰어갔다. 그 뒤를 케르가 쫓아갔다.

유씨는 정신없이 먹고 있는 아이들의 모습을 흐뭇한 얼굴로 쳐다보았다. 기껏해야 라면을 끓여 줬는데도 아이들은 맛있게 먹고 있다.

"되게 맛있다!"

입술에 묻은 라면 국물을 손등으로 훔치면서 다루가 말했다.

"그렇게 맛있니?"

"꿀맛이에요."

다루는 가져온 식은 밥덩이까지 라면에 말아서 먹었다. 그 곁에서 케르도 라면 국밥을 열심히 먹어대고 있다.

평소에 케르의 식사는 편리한 대로 주고 있었다. 같은 식구로 생각하고 있기 때문에 똑같이 밥을 줄 때도 있었고 밥이 없으면 사료를 먹이기도 했는데, 무엇을 주든 주는 대로 남김없이 잘 먹었다.

"아빠, 그런데 아빠 짐이 너무 무거워 보여요. 저희한테 좀 덜어주실래요?"

식사를 끝낸 다루가 생각난 듯 물었다.

"괜찮아."

"짐을 가볍게 해야 한다면서 아빠 짐은 왜 그렇게 무거워 보여요?"

"보기만 그렇지 별로 무겁지 않다니까."

말은 그렇게 했지만 짐이 무거운 것은 사실이었다. 배낭 속에 들어 있는 것은 모두 아이들을 위한 것들이다. 아이들을 즐겁게 해주고, 산행하는 동안 그들을 배불리 먹이고, 그들에게 추억에 남는 감동적인 등산이 되게 하기 위해 하나하나 세심하게 챙기다 보니 그렇게 짐이 많아진 것이다.

점심 식사를 끝낸 그들은 주위를 돌아보면서 휴식을 취했다. 유씨는 산장 뒤쪽으로 올라가 여기저기 무너진 2층 높이의 석조 건물을 둘러보았다. 그것은 잡초로 뒤덮인 폐허 위에 수십 년 동안 쓸쓸하게 서 있었다. 돌로 쌓아올린 벽체는 누렇게 퇴색되어 긴 세월의 흔적을 말해주고 있었지만 아직도 견고해 보였다. 벽난로의 긴 굴뚝 위로 구름이 흘러가고 있었다.

"아빠, 이 집은 왜 이렇게 무너졌어요?"

궁금한 것이 있으면 참지 못하는 다루가 물었다.

"음, 여기에는 사연이 있단다."

유씨는 돌벽을 쓰다듬었다.

"무슨 사연인데요?"

"일제 때, 그러니까 일본이 우리나라를 지배하던 시대에 우리나라에는 서양 선교사들이 들어와 있었다. 그들은 선교 활동을 위해 필요하다고 이곳에다가 수십 채의 건물을 지었는데, 전기도 들어오고 호텔이며 풀장, 정구장, 배구장도 있었고, 심지어는 골프장까지 있었단다. 이 높은 곳에다 그런 시설들을 만들어놓았으니 얼마나 여가를 보내기에 좋았겠니. 그리고 그런 시설 외에는 대부분이 별장용 집들이었는데, 그걸 보고 사람들은 말이 종교시설이지 사실은 선교사들의 별장 지대로 알고 있었단다. 무더운 여름에 이보다 더 시원하게 보낼 수 있는 데도 없었을 거다. 집을 지을 때는 화엄사 아래 마을에서 일꾼들을 사서 모래며 시멘트, 함석 같은 것들을 져날랐단다. 돌은 이 근방에서 채취해서 두부처럼 네모반듯하게 쪼아서 쌓아올렸으니, 수십 채나 되는 석조 건물을 모두 짓느라고 꽤 큰 공사판이 벌어졌겠지. 아무튼 여름에 시원하게 지낼 곳을 찾다가 여기 노고단이 최적의 장소라고 생각하고 여기다가 이렇게 돌로 별장들을 지었겠지. 그리고 우리나라 사람은 이 지역에 출입이 금지되었고, 호텔도 이용할 수 없었단다."

"말도 안 돼요!"

다루가 갑자기 쏘아붙이는 바람에 유씨는 어리둥절했다.

"뭐가 말도 안 된다는 거니?"

"생각해 보세요. 우리 백성은 일제 압박에 신음하고 있는데 선교사라는 사람들이 여기다 온갖 놀이 시설을 만들어놓고 별장에서 여름 한 철을 보냈다는 게 말이 돼요? 이 땅이 누구 땅인데 멋대로 그렇게 자연을 훼손하고 접근도 못 하게 해요? 말도 안 돼요."

"음, 사실은 나도 그런 생각이 들었다."

"우리 백성의 신음 소리를 외면한 선교사들은 양심도 없는 사람들이에요."

"글쎄 말이다. 워낙 옛날 일이고 내가 직접 본 것도 아니라 뭐라고 단정은 못하겠다만……."

"그런데 돌집이 왜 이렇게 부서졌어요? 수십 채나 지었다면서 그 집들은 다 어디 갔어요?"

"그게 그러니까… 우리나라가 일제에서 해방되고 얼마 후에 6·25 전쟁이 일어나자 여긴 빨치산의 근거지가 되었어. 여기뿐만 아니라 지리산 일대가 온통 빨치산의 소굴이 되었지. 그때 여기 별장들은 빨치산의 지휘소로 이용되고 그랬겠지. 그러다가 나중에 국군 토벌대가 빨치산을 토벌하면서 여기 있는 별장들을 이용 못 하게 아예 불태우고 부숴 버렸어. 그렇지 않다 해도 전쟁이 수년 동안 계속된 마당에 누가 별장에 와서 지냈겠니. 오래 방치되다 보면 부서지게 마련이지."

"아빠, 빨치산이 뭐예요?"

하고 세미가 물었다.

"빨치산은 파르티잔이라는 말이 우리식으로 변한 거야. 파르티잔은 간단히 말해 후방에 침투해서 교란 작전을 벌이는 게릴라를 뜻하는 거야."

다루가 재빨리 말하는 바람에 유씨는 잠자코 있었다. 사실 그도 빨치산이 무슨 뜻인지는 알고 있었지만 그 어원에 대해서는 모르고 있었다. 그는 다시 이어지는 다루의 말에 귀를 기울였다.

"그러니까 빨치산은 비정규군을 말하는 거야. 우리나라 빨치산은 6 · 25 전쟁 때 오도 가도 못하게 된 북한 인민군 패잔병들과 공산주의에 동조한 민간인들이 숨을 데가 없으니까 산 속으로 숨어들면서 생기게 된 거야. 우리나라는 산이 워낙 많아서 숨기에 아주 좋거든. 특히 지리산은 산이 큰 데다 계곡도 깊어서 빨치산이 숨어 있기에는 최적의 장소였어. 덕유산, 백운산 등에도 빨치산이 있었지만 지리산에 제일 많아서 한때 많을 때는 2만 명까지 있었대. 그때는 빨치산 세력이 커서 산 밑에 있는 마을들은 밤에는 북한인민공화국 국기를 달고 낮에는 대한민국 국기를 달았대. 하지만 그 많던 빨치산도 결국은 모두 소탕되고 지금은 한 명도 없어. 그러니까 이렇게 마음대로 등산을 할 수가 있는 거야."

"그 빨치산, 추운 겨울에는 어디 숨어?"

세미의 눈이 호기심으로 반짝이고 있었다.

"산에 숨었지. 토벌대들이 계속 쫓아오니까 산 속에 숨어 있을 수밖에 없었지."

"추운데 어떻게 산에서 지내?"

"동굴이나 땅굴에 숨어 있었겠지."

"불쌍하다. 그 빨치산들 다 죽었어?"

"거의가 죽었다고 보면 될 거야."

"북한으로 올라가면 될 텐데 왜 이 산속에 남아서 모두 죽었지?"

"그러고 싶었지만 퇴로가 없었어. 유엔군이 인천상륙작전으로 한반도의 허리를 점령하는 바람에 북한으로 갈 수가 없었어. 그렇다고 북한 인민군이 구하러 왔느냐 하면 그렇지도 않았어. 북한 김일성은 남한에 갇혀 있는 빨치산을 그대로 방치해 버렸어. 그러니까 남한의 빨치산은 북에서도 남에서도 모두 버림받고 오갈 데 없는 처량한 신세가 된 거야. 그렇게 버림받은 채 죽어간 거야. 세계 전사에는 빨치산이 많이 나오는데 남한의 빨치산처럼 비참한 종말을 맞은 빨치산은 세계에 유례가 없어."

그 말을 하는 다루의 얼굴 위로 분노의 빛이 얼핏 스쳐 갔다. 그것을 보고 유씨는 다루가 문득 낯설게 느껴졌다. 어리다고만 생각하고 있던 아들이 어느새 어른스럽게 성장해서 그가 모르는 세계에 살고 있는 것 같다는 생각이 들었다.

"아빠, 다루가 한 말 맞아요?"

세미가 아무래도 믿기지가 않는다는 듯 물었다. 유씨는 천천히 고개를 끄덕였다.

"내가 모르는 것도 있지만… 맞는 것 같다. 그런데 다루야."

유씨는 대견한 듯 아들을 쳐다보았다. 다루는 벽난로 굴뚝

안을 들여다보다가 고개를 쳐들었다.

"빨치산에 관한 거, 그런 거 어떻게 알았니?"

"지리산 종주하려면 최소한 지리산의 역사와 지리에 대해서는 좀 알아야 하잖아요. 그래서 인터넷에 들어가 지리산에 관한 자료도 찾아보고 책도 좀 읽었어요. 그런데 그런 거 저런 거 읽어보고 나서 생각한 건데, 지리산은 박물관을 하나 세워도 되겠어요."

"박물관 말이냐?"

"네, 박물관이요. 지리산은 전라남북도와 경상남도 등 세 개 도에 걸쳐져 있을 만큼 커요. 군으로 보면 남원, 구례, 하동, 산청, 함양 등 다섯 개 군에 뻗쳐 있는데, 그 넓이가 4백84평방킬로미터, 평으로 따지면 1억 3천만 평이에요. 워낙 커서 온갖 동식물이 자라고 있고, 그래서 생태계의 보고라고 할 수 있어요. 뿐만 아니라 지리산에는 역사가 있고 스토리가 있어요. 천 년 고찰과 암자, 무속 신앙, 항일의병 이야기, 한국전쟁과 빨치산, 지리산을 소재로 한 많은 문학 작품, 이런 것들을 한데 모아 잘 정리하면 훌륭한 박물관을 하나 만들 수 있을 것 같아요. 왜 지금까지 박물관 하나 없는지 모르겠어요."

'아이구, 맙소사!'

유씨는 속으로 탄성을 질렀다. 이놈은 가끔 가다 깜짝깜짝 놀라게 한단 말이야. 이놈 머릿속에는 상상할 수 없는 세계가 그려지고 있다는 생각에 그는 두려운 느낌마저 들었다.

문득 오 선생의 말이 생각나 그는 갑자기 기분이 우울해졌다. 정말 다루가 비상한 두뇌를 가진 아이라면 오 선생의 말마따나 다루를 어디론가 보내 특별 교육을 시키는 게 백번 옳은 일일 것이다. 하지만 그에게는 그럴 만한 능력이 조금치도 없었다.

"좋은 생각이다. 언젠가는 지리산 박물관이 생기겠지."

"글쎄요. 사람들 생각이 거기까지 미칠까요?"

이건 완전히 어른 같은 말이다. 유씨는 말문이 막혔다.

"아빠, 그런데 아까 하신 말씀 중에 물어보고 싶은 게 있어요."

"응, 뭔데?"

"선교사들 별장 말인데요, 그때는 찻길도 없었고 제대로 된 등산로도 없었을 거고 건설 장비 같은 것도 없었을 텐데… 그렇다면 일꾼들이 직접 자재를 져 나르고 돌을 다듬어서 손으로만 지었겠네요? 선교사들이 이 무거운 돌들을 날라다 지었을 리는 없잖아요. 저 아래서 불쌍한 농부들을 불러다가 지었을 거 아니에요?"

유씨는 써늘한 냉기가 가슴을 훑고 지나가는 것을 느꼈다.

"아마 그랬겠지. 선교사들은 이렇게 저렇게 하라고 지시만 했을 거야. 이런 말을 들은 적이 있다. 기독교 선교사들이 여름에 여기 올 때는 너무 높고 힘들어서 지게에 업혀서 올라왔다고. 무거운 사람은 대나무로 만든 침상에 비스듬히 드러눕고, 그러면 일꾼 네 사람이 그걸 들고 올라왔는데, 어떤 선교사는 드러누운 채 올라오는 동안 책을 읽고 있었단다."

"완전히 노예 취급을 했네요. 말도 안 돼요!"

다루는 분노에 차서 말했다.

"그때 우리나라 백성이 무슨 힘이 있었겠니? 나라가 망한 판에 백성의 고생이 오죽했겠니."

"하지만 그들은 선교사 아니에요. 국경을 초월해서 약자를 돌보고 사랑해야 하는 게 그들의 의무잖아요. 기독교의 인류애라는 게 뭐예요?"

유씨의 표정이 굳어졌다. 그는 심각한 표정으로 아들을 바라보았다.

"생각해 보세요. 비쩍 마른 농부가 살찐 서양 선교사를 들것에 지고 여기까지 올라오는 모습을 한번 생각해 보세요. 그게 선교사가 할 짓이에요? 여기까지 무거운 사람을 지고 올라오느라고 얼마나 힘들었겠어요. 생각만 해도 농부가 불쌍해요."

"그거야 공짜로 그런 건 아니었겠지. 돈 벌 욕심으로 그랬을 거야."

"아무리 그래도 선교사가 할 짓이 아니잖아요. 선교사라면 힘들어도 두 발로 걸어서 올라와야죠. 그리고 또 있어요."

"얘, 그만해. 넌 왜 이상한 소리만 하고 있니? 아빠, 우리 출발 안 해요? 다른 사람들 다 가는데……."

세미가 참다못해 말했다. 그러나 유씨는 다루의 다음 말이 궁금했다.

"말해봐. 뭐니?"

"일제 때 여기다 별장을 지을 정도면 일제 권력자들하고 잘 통했다는 거 아닌가요? 그렇지 않으면 함부로 별장을 못 지었을텐데요?"

"글쎄, 거기까지는 잘 모르겠다. 미국 선교사들이 일제 당국하고 노고단 일대를 99년간인가 빌리기로 계약을 했다던가 뭐 그런 말을 듣긴 했다만 자세한 건 잘 모르겠다."

"남의 나라 땅을 자기들 멋대로 빌리고 빌려주고, 그런 엉터리가 어딨어요? 외국 선교사들이 종교를 빙자해서 피식민지국에 들어와서는 식민 통치자들하고 결탁해서 식민지 백성의 고통을 외면하고 식민 통치를 묵인했다는 기록이 있어요. 그건 종교의 양심을 저버린 비기독교적인 행위라고 할 수 있어요."

"그래? 그런 일이 있었니?"

"종교 세력은 세계 도처에서 좋은 일도 많이 했지만 나쁜 짓도 했어요. 대표적인 것이 나치 독일을 묵인하고 두둔하기까지 한 거예요."

유씨는 자기 지식의 한계를 느끼지 않을 수 없었다. 그는 거기에 대해 별로 아는 것이 없으니 자신의 의견을 말할 수가 없었다. 놀라운 것은 다루가 어린 나이에 비해서 너무 많은 것을 알고 있다는 것 정도가 아니라 무슨 문제에 대해서 자기 주관이 뚜렷하다는 것, 그리고 날카로운 비판의식까지 갖추기 시작했다는 것이다.

과연 그것이 다루에게 앞으로 좋은 일이 될 것인지, 아니면 오히려 해가 될 것인지 그는 도무지 가늠할 수가 없었다. 너무나 똑똑해서 불행해진 사람도 있지 않은가!

그는 놀라움과 불안감이 뒤섞인 기묘한 기분으로 아들을 쳐다보았다.

다루는 파란색 운동모를 쓰고 있었고 세미는 챙이 넓은 노란색 등산모로 머리 위에 쏟아지는 햇빛을 가리고 있었다. 유씨가 쓰고 있는 국방색 정글모는 낡아서 색이 바래 있었다.

케르는 항상 앞장서서 달려가다가 되짚어 와서는 다루에게 꼬리를 흔들어 보이고 다시 달려가곤 했다. 세미는 줄곧 선두를 유지하면서 빠른 걸음으로 걸어갔고, 다루는 그보다 한참 뒤처져서 따라갔다.

처음에는 세미를 따라잡으려고 기를 쓰고 걸어갔지만 세미가 선두를 내주지 않자 아예 경쟁을 포기한 채 여유까지 부리며 걸어갔다. 다루가 보이지 않으면 세미는 앉아서 쉬고 있다가 다루가 가까이 다가오면 냉큼 일어나 내빼곤 했다. 그렇게 해서라도 다루의 약을 올리려고 했지만 다루는 거기에 말려들지 않고 보통 걸음으로 걸어갔다.

등산로는 능선을 따라 끝없이 이어지고 있었다. 능선에 서면 양쪽으로 보이는 것은 파도처럼 물결치는 산의 바다였다. 겹겹이 물결치는 산들은 온통 검푸른 색으로 빛나고 있었고, 옅은 구름 띠 위로 솟아 있는 어떤 봉우리는 섬처럼 보이기도 했다. 겹치는 산들 사이로 길게 떠 있는 엷은 구름은 흡사 강물이 휘감아 흐르는 것 같았다. 그 모든 것 위로 혼자서 높이 날고 있는 새는 아마 매일 거라고 다루는 생각했다. 대지를 항상 높은 곳에서 조망하고, 언제나 혼자서 날아다니는 매는 고독해 보이면서도 멋진 새인 것 같았다. 자신도 아마 장차 커서 매처럼 될 거라는 생각이 문득 들었다.

돼지령과 임걸령을 거쳐 반야봉 아래 노루목까지 오는 데 세 시간 가까이 걸렸다. 그사이 등산객들이 끊임없이 오가고 있었다. 상도봉을 지나 화개재에 이르자 꽤 많은 사람이 풀밭에 주저앉거나 드러누워 휴식을 취하고 있었다. 재 위로 시원한 바람이 불어왔다. 북쪽으로는 뱀사골 계곡의 풍부한 물이 남원 쪽으로 흐르다가 달궁 계곡에서 내려오는 물과 부딪쳐 내를 이룬다.

깊고 긴 계곡을 훑으며 올라온 바람은 여름 내내 재 위로 시원한 바람을 몰아주고 있었다. 남쪽은 목통골을 지나 거의 하루 종일 내려가야 쌍계사에 이르는데 거기서부터 화개장터까지도 한참을 가야 한다. 한없이 길고 험한 그 길은 사람이 다닌 지 오래되어 이미 없어진 지 오래다. 감히 그 길을 찾으려고 나서는 사람도 없고, 사람이 다닌 흔적이 있다는 것을 알고 있는 사람들은 그저 망연히 재 위에서 남쪽을 내려다보다가 발길을 돌릴 뿐이다.

화개재에서 연하천 산장까지는 세 시간 남짓 걸린다. 아이들을 재촉해서 가면 여덟 시까지는 갈 수 있을 것 같지만 지친 기색이 역력한 아이들을 보고 유씨는 오늘 밤은 여기서 쉬어야겠다고 생각했다.

더구나 연하천 산장까지 가는 길은 두 개의 높은 봉우리 토끼봉과 명선봉이 가로막고 있다. 봉우리 아래 높은 언덕을, 그것도 두 개나 넘어가는 것은 여간 힘든 일이 아니다. 연하천 쪽에서 오는 등산객은 이런 말을 했다. 연하천 산장에서는 아예 잘 생각 마십시오. 산장도 작은데 사람들이 통로까지 꽉 찼어요.

전에는 뱀사골에 산장이 하나 있었지만 지금은 폐쇄되고 없었다.

그래서 유씨는 화개재에서 뱀사골 쪽으로 조금 내려간 경사면에다 캠핑 장소를 정했다.

"왜 산장에 가서 안 자죠?"

"사람이 너무 많아서 자리가 없단다. 그리고 거기까지 가려면 오늘은 너무 힘들어서 안 된다. 텐트에서 자는 게 훨씬 편하고 좋을 거다."

텐트를 치고 캠핑을 할 거라는 말에 아이들은 와아 하고 소리를 질렀다.

그도 그럴 것이, 엄마가 살아 계실 때 동해의 해수욕장에서 두 번인가 캠핑을 하고는 지금까지 그럴 기회가 없었으니 아이들이 흥분하는 것도 무리는 아니었다.

유씨는 큰 바위 앞에다 텐트를 쳤다. 바위 밑에는 두 사람 정도 들어가 앉을 수 있는 공간이 있었다. 텐트는 소형이었기 때문에 세 사람이 들어가 자기에는 무리였다.

그래서 아이들만 텐트에서 자게 하고 자신은 바위 밑에서 잘 생각이었다. 캠핑카 안에 큰 텐트가 있긴 하지만 짐을 가볍게 하기 위해 그는 일부러 작은 텐트만 가져왔던 것이다.

"난 비박할 거니까 너희는 텐트에서 자거라. 텐트가 작아서 두 사람밖에 잘 수 없다."

텐트를 다 쳐 놓고 나서 말하자 아이들은 조금 의아해하는 것 같았다.

"비박이 뭐예요?"

하고 다루가 물었다.

"비박은 텐트를 치지 않고 야외에서 바위 밑이나 나무 밑 같은 데서 자는 걸 말한다."

"춥고 무섭지 않아요?"

"오히려 답답하지 않고 더 좋아. 난 비박을 많이 해봐서 괜찮아. 저 바위 밑에서 케르하고 잘 거니까 걱정하지 마."

아이들은 바위 밑을 살펴보더니 텐트 안에서 함께 자자고 졸랐다.

그러나 텐트 안을 들여다보고 나서는 입을 다물었다.

유씨는 밥을 짓기 위해 계곡 쪽으로 내려가 물을 떠 왔다. 케르가 그 뒤를 따라갔다. 다루와 세미도 산 속에서 캠핑하는 것을 더없이 좋아했지만 그들보다 더 좋아한 것은 케르였다. 산속에 머물게 되자 케르는 동물 본연의 야성이 살아나는지 이리 뛰고 저리 뛰면서 어쩔 줄 몰라 했다.

밥을 짓는 동안 다루와 세미는 낙엽을 모아다가 텐트 안에 다 푹신하게 깔았다. 지난해 쌓인 낙엽은 바짝 말라 있었다.

어느새 산에는 날이 저물고 있었다. 다루는 램프를 켰고, 세미는 밥상을 차렸다. 어머니가 세상을 떠난 후부터 세미는 식사며 빨래 같은 것들을 군소리 하나 하지 않고 잘 해내고 있었다. 그런 딸이 대견해서 유씨는 눈시울이 뜨거워질 때가 한두 번이 아니었다.

"아, 맛있다!"

정신없이 밥을 먹던 다루가 허공에다 대고 말했다.

"산에서 먹는 밥처럼 맛있는 게 없다."

밥에다 반찬이라고는 멸치 볶음과 장조림, 김치가 전부인데도 아이들은 정신없이 먹어댔다.

"너무 급하게 먹으면 체한다. 천천히 먹어."

유씨는 아이들이 맛있게 먹는 것을 보고 흐뭇한 기분이 들었다.

날이 완전히 어두워지고 밤이 깊어지고 있었지만 아이들은 자려고 하지 않고 유씨 곁에 붙어 앉아 있었다.

유씨는 산에서 불을 피우면 안 되는 것을 알면서도 아이들을 위해 조그만 모닥불을 피워주었다.

아이들은 신이 나서 나무를 주우러 다니고, 유씨는 혼자서 커피를 끓여 마셨다. 산 속의 어둠과 적막이 더없이 그를 편안하게 해주고 있었다. 하늘에는 별이 보석처럼 빛나고 있었고, 어느새 둥근 달이 나타나 나뭇가지 사이로 얼굴을 내밀고 있었다.

"너무 늦었다. 내일 일찍 일어나야 하니까 이젠 자거라."

11시가 되자 그는 아이들을 텐트 안으로 몰아넣었다. 모닥불을 불씨가 남지 않게 완전히 끈 다음 그는 바위 밑으로 들어가 침낭을 폈다.

그런데 케르가 웬일인지 가만있지 않고 코를 킁킁거리며 돌아다녔다.

"왜 그래?"

유씨는 플래시로 바닥을 찬찬히 비춰보다가 멈칫했다. 짐승의 털로 보이는 것이 구석 쪽에 여기저기 뭉쳐있는 것이 보였다. 털은 거무스레했는데 무슨 짐승의 털인지는 알 수가 없었다. 아마 한때 짐승이 잠시 거처했던 곳 같았다.

"괜찮아. 여기 드러누워."

침낭 옆을 가리키자 그제야 케르는 얌전히 턱을 괴고 엎드렸다.

두텁게 깔아놓은 낙엽 위에다 침낭을 펴놓았지만 아이들
은 조금도 춥지가 않았기 때문에 침낭 안으로 들어가지 않고
그 위에 누워서 잠을 청했다.

마른 낙엽에서 나는 향내 때문인지 다루는 좀처럼 잠이 오
지 않았다. 텐트 위로 쏟아져 들어오는 달빛 때문에 텐트 안
은 의외로 훤했다. 텐트 지붕 위로는 달빛이 만들어낸 나뭇가
지 그림자들이 어른거리고 있었다.

그것을 보고 있던 세미가 무섭다고 하면서 돌아누웠다. 이
렇게 정신이 맑아질 수 있을까 하고 다루는 생각했다. 마치
몸속의 피까지 깨끗한 피로 새로 수혈되는 것 같았다. 그것은
거대한 산의 신령스러운 기운이 온몸에 퍼지면서 생기는 조
그만 변화에 지나지 않았다. 바람 소리, 바람에 나뭇잎이 살
랑거리는 소리, 멀리서 들려오는 계곡 물소리, 그리고 모든
소리를 지배하는 산의 침묵에 귀를 기울이면서 그는 살포시
잠이 들었다.

유씨는 한기를 느끼고 침낭을 목까지 끌어당겼다. 바람 소
리가 조금 거칠어지는 것 같았다. 온갖 생명체가 뿜어내는 정
기가 한데 뒤엉켜 거스를 수 없는 힘이 되어 산을 에워싸고

있는 것 같았다.

케르가 낮게 으르렁거리는 소리를 얼핏 들은 것 같았지만 유씨는 애써 그것을 무시한 채 무의식 속으로 빠져들고 있었다. 몇 시쯤인지 가늠할 수가 없었다. 케르의 으르렁거리는 소리가 날카로워지는 것과 함께 경계 수위도 높아지는 것을 느끼고 그는 비로소 눈을 떴다.

"케르, 왜 그래?"

그가 묻는 것과 동시에 케르가 밖으로 뛰쳐나갔다. 어둠 속에서 케르의 날카롭게 짖는 소리가 밤의 적막을 찢었다.

"케르!"

아이들이 깰까 봐 작은 소리로 부르면서 그는 플래시를 켜 들고 밖으로 나가보았다.

케르는 시커먼 것을 상대로 맹렬히 짖어대고 있었다. 그는 소름이 돋는 것을 느끼면서 플래시로 시커먼 것을 똑바로 비춰보았다. 앞발이 쳐들리면서 가슴을 가로지르는 흰 털 무늬가 보였다.

"반달곰이다!"

유씨는 속으로 외치면서 본능적으로 방어 자세를 취했다. 반달곰은 두 발로 앞을 치면서 흰 이를 드러내고 으르렁거렸다.

"아빠! 왜 그래요?"

아이들이 텐트 밖으로 고개를 내밀었다.

"나오지 마!"

유씨가 소리쳤지만 아이들은 이미 텐트 밖으로 빠져나오고 있었다.

"곰이다! 반달곰이야!"

다루가 먼저 곰을 알아보고 소리 지르면서 유씨 쪽으로 달려왔다.

"무서워!"

세미는 비명을 지르면서 아버지 뒤로 몸을 숨겼다. 다루는 나무토막을 들고 곰을 노려보았다. 곰은 플래시 불빛 속에 놀라울 정도로 또렷이 보였다. 몸집이 크고 사나워 보이는 곰에 비해 케르는 그 반 정도밖에 되지 않았다.

그러나 놈은 물러서지 않고 맹렬히 짖어대고 있었다. 세미가 무서운 나머지 울음을 터뜨리자 유씨는 딸을 한 손으로 끌어안고 달랬다.

"괜찮아. 케르가 지켜주잖아. 그리고 이렇게 플래시를 비추고 있으면 짐승들은 겁을 먹고 달려들지를 못해."

유씨는 플래시를 흔들기도 하고 껐다 켜기를 반복하기도 하면서 곰에게 겁을 주었다. 그러자 잠시 후 곰은 공격적인 자세를 무너뜨리면서 뒷걸음질 치기 시작했다.

"새끼다!"

다루의 외치는 소리를 듣는 것과 동시에 유씨는 곰 새끼를 보았다. 그때까지 곰 새끼는 어미 뒤에 있는 덤불 속에 숨어 있었던 것 같다.

"어머, 귀엽다!"

무서워서 떨고 있던 세미가 앞으로 조금 나서며 말했다.

"두 마리야!"

다루가 소리쳤다. 놀랍게도 곰 새끼는 두 마리나 되었고, 태어난 지 얼마 안 된 듯 아주 작아 보였다.

"빨리 카메라 가져와!"

이번에는 유씨가 흥분해서 소리쳤다. 다루는 재빨리 텐트 안으로 들어가 배낭을 들고 나왔다.

그러나 카메라를 꺼내 들었을 때는 곰들은 이미 사라지고 없었다. 케르가 짖어대며 따라가는 것을 보고 다루는 다급하게 그를 말렸다.

"케르! 그만해!"

흥분할 대로 흥분한 케르는 헐떡거리면서 한동안 어쩔 줄을 몰라했다.

흥분하기는 다루네 식구도 마찬가지였다. 다루는 거칠게

숨을 몰아쉬고 있었고, 세미는 아버지의 옷자락을 붙잡고 놓지 않았다. 유씨는 아이들을 안정시킨 다음 모닥불을 피웠다. 모두가 흥분 상태에 있기 때문에 잠자기는 그른 것 같았다.

"아빠, 곰이 또 오면 어떡해요?"

세미가 금방이라도 울음을 터뜨릴 것 같은 얼굴로 물었다.

"다시 오지는 않을 거다. 겁을 집어먹고 도망갔으니까 안심해도 돼."

유씨는 바위 밑을 가리켰다.

"저 안에 짐승 털이 있는데 이제 보니까 곰 털인 것 같다."

"그럼 저게 곰 집이란 말이에요?"

"글쎄, 집이라기보다는 임시로 머물렀던 곳이 아닌가 생각되는데 잘 모르겠다. 새끼들을 기르면서 살기에는 바위 밑이 깊지가 않고 너무 노출되어 있잖니."

"저기서 자려고 온 게 아닐까요?"

"글쎄, 음식 냄새나 사람 냄새를 맡고 온 건지도 모르지. 출출하지? 옥수수 수프 끓여줄게."

유씨는 손목시계를 들여다보았다. 시계는 2시 8분을 가리키고 있었다.

유씨가 수프를 끓이는 동안 케르는 잠시도 가만있지 않고 낑낑거리고 있다가 갑자기 밤하늘을 향해 고개를 발딱 젖히더니 우우우 하고 늑대 울음소리를 내기 시작했다.

늑대 울음소리는 적막에 잠긴 숲과 골짜기를 타고 멀리까지 울려 퍼졌다.

유씨는 조금 놀란 눈으로 그것을 바라보다가 고개를 갸우뚱하면서 말했다.

"다루야, 저건 늑대 울음소리 아니야?"

"네, 맞아요."

"넌 알고 있구나."

"전에는 안 그랬는데 요즘 와서 저래요. 토끼가 없어진 뒤로 저래요. 좀 이상하죠?"

"저놈 피 속에 늑대 피가 있나."

그러자 세미가 빠질세라 한마디 했다.

"다루도 늑대처럼 운대요."

"그래?"

"진짜 늑대처럼 울어요."

"어디 한번 들어보자."

아버지의 요구에 다루는 멋쩍어하면서 몸을 사리다가 냉큼 일어나 기침을 두어 번 하고 나서 우우우--- 하고 울기 시작했다.

그가 서너 번 울고 나자 케르도 뒤따라 우우우하고 소리를 뽑았다.

그것을 보고 유씨는 껄껄거리고 웃었다.

"영락없이 늑대 우는 소리구나. 구별을 못하겠는데?"

"늑대 소년이라고 벌써 소문이 난 걸요."

세미가 빈정거리듯 말했다.

"그래?"

유씨는 좀 놀라는 것 같았다. 그런 소문이 좋은 것인지 나쁜 것인지 얼른 판단이 안 섰다.

"창피해요."

세미의 말에 다루는 발끈했다.

"뭐가 창피하다는 거야?"

"너보고 늑대라는데 창피하지 않다는 거야?"

"난 창피하지 않아. 난 사실 늑대가 되고 싶어. 늑대가 돼서 산과 들을 마구 휘젓고 다니고 싶어. 자연 속에 파묻혀서 마음대로 살고 싶어."

"웃기지 마. 늑대가 되면 사람들한테 쫓겨 다니다가 결국 붙잡히고 말걸. 아니면 사냥꾼 총에 맞아 죽는다구. 뭘 알기나 하고 말해."

"늑대가 멸종 위기 동물이란 거 몰라? 늑대는 보호받아야 할 동물이란 말이야."

주위를 맴돌며 끙끙거리던 케르가 다시 고개를 뒤로 젖히고 늑대처럼 우우우 하고 울었다. 그것을 보고 다루도 케르 곁으로 달려가더니 우우우 하고 소리를 질렀다.

　케르와 다루가 함께 뽑아내는 늑대 울음소리로 인해 적막에 잠겨 있던 숲 속은 갑자기 요동을 치는 것 같았다.

60년⋯⋯ • • • 🐕

"오늘 밤을 넘기기 어려우실 것 같습니다. 준비하시는 게
좋을 것 같습니다."

전화기를 통해 들려오는 주치의의 목소리에 서문구(徐文
九) 회장은 긴장했다.

"하루만 더 연장시켜 주시오. 임종은 지켜야 하지 않겠소.
지금 바로 출발할 테니까 하루만 더 연장시켜 줘요."

그는 지금 뉴욕에 있었다. 아무리 빨리 서둘러도 한국 시
간으로 오늘 밤중에 도착해서 임종을 지킨다는 것은 불가능
한 일이었다.

"한번 해보겠습니다만⋯ 가능할지 모르겠습니다."

"김 박사, 하루 더 연장시켜야 합니다."

서 회장은 못을 박고 나서 전화를 끊었다.

"하필이면 지금……."

그는 방 안을 서성거리다가 창가로 다가서서 창문을 활짝 열어젖혔다. 하늘은 우중충했고 바다는 검은빛으로 거칠게 넘실거리고 있었다. 바다 위에 우뚝 솟아 있는 자유의 여신상은 윗부분만 내놓고 안개에 휩싸여 있었다.

회의용 탁자 앞에 둘러앉아 있는 사람들은 꿀 먹은 벙어리처럼 입을 다문 채 서 회장의 눈치만 살피고 있었다. 방 안에는 서 회장까지 포함해 모두 열한 명이 회의에 참석 중이었는데 그중 세 명은 여자였다.

"비가 올 모양이야."

서 회장은 중얼거리면서 돌아섰다. 사람들이 긴장해서 그를 바라보았다.

"난 지금 귀국해야 하니까 준비 좀 해줘요. 어머님께서 곧 돌아가실 것 같아요."

사람들이 일제히 몸을 일으켰다.

"임종을 지키게 해달라고 부탁은 했는데 가능할지 모르겠어."

"하루 정도 연장하는 건 가능할 겁니다."

키가 크고 마른 전무가 입바른 소리를 했다.

"내가 있어야 하는데 할 수 없지, 뭐. 전무가 책임지고 계약을 성사시켜요."

"알겠습니다."

고개를 굽실거리는 전무를 서 회장은 못 미더운 듯 쳐다보았다.

서 회장은 아무리 어려운 계약도 성사시키는 뛰어난 능력을 지니고 있었다. 그래서 힘든 계약일 경우 부하 직원들을 물리치고 그가 직접 나서곤 했고, 그럴 경우 계약에 실패한 적이 거의 없었다. 그는 설득력이 뛰어나고, 특히 영어와 프랑스어, 그리고 일어에 능통해서 외국인들과 협상할 때에도 유창한 외국어로 상대방을 압도하곤 했다.

이번에 그는 한 달간 예정으로 외국 출장에 나섰는데, 전용기로 일본과 미국, 그리고 유럽과 중동을 거쳐 마지막으로 중국에 들른 뒤 귀국할 참이었는데, 모친의 병세가 위독해서 모든 스케줄을 취소하고 귀국을 서둘러야 했다.

"사정을 설명하고 모든 약속을 취소시켜요. 프랑스 쪽에도 이해를 시켜요."

"알겠습니다. 하지만 아직 시간 여유가 있으니까 사정을 봐가면서 결정하시는 게 좋지 않겠습니까?"

비서실장인 차 상무가 아쉬운 듯 말했다. 서 회장은 고개를 저었다.

"안 돼. 우물쭈물하다가 실수하면 더 큰일이야. 아예 안 되는 건 안 된다고 말해야 해요."

그는 프랑스로 건너가 한국에서 오는 대통령 일행과 합류하기로 되어 있었다. 프랑스 대통령과 정상회담을 갖기 위해 프랑스를 방문하는 한국 대통령은 국내의 내로라하는 기업인들을 줄줄이 데리고 갈 예정인데 그 안에 서 회장도 끼어 있었다. 그런데 못 가겠다고 빠지면 대통령 눈 밖에 나게 되고, 그 결과가 기업 운영에 좋지 않은 영향을 끼칠까 봐 기업인들은 울며 겨자 먹기 식으로 따라간다. 대통령은 자주 외국 나들이를 하고 있었고, 그때마다 기업인들을 대동하곤 했다. 어떤 기업인들은 그런 데 초대받지 못할까 봐 노심초사하기도 하지만 서 회장은 대통령 들러리에 지나지 않는 그런 행차에 참석하는 것이 몹시 싫었다. 그런데 이번의 한불 정상회담 외에 그에게는 좀 특별한 일이 기다리고 있었다. 프랑스가 이번 정상회담 기간에 외국인에게 주는 레종 드 뇌르 상을 그에게 수여하기로 결정한 것이다. 그는 상을 받겠다고 약속했지만 시상식에 직접 참석하는 것도 취소하지 않으면 안 될 상황이었다. 아쉽지만 하는 수 없는 일이었다. 프랑스 대통령이 직접 수여하기로 한 그 시상식에는 파리에서 공부하고 있는 딸을 대신 보낼 생각이지만 프랑스 정부가 그것을 받아들일지는 아직 알 수 없었다.

그의 회사에서는 해마다 많은 양의 프랑스산 와인을 수입하고 있었다. 하지만 그것은 겉으로 드러난 것에 지나지 않았다. 그의 회사는 프랑스와 합작으로 최첨단 항공기를 제작하기로 합의하고 거기에 상당한 자금을 투자하고 있었다. 뿐만 아니라 프랑스의 미래 에너지 산업에도 공동 투자하고 있었다. 그런 것들이 아마 프랑스가 그에게 상을 수여하기로 한 이유가 된 것 같았다.

그로부터 두 시간쯤 지나 그는 뉴욕 인근의, 전용기만 이용할 수 있는 조그만 공항에서 간단한 수속을 마친 후 승합차를 타고 활주로에 대기하고 있는 전용 비행기에 다가가 트랩을 올라갔다.

그는 올해 60세가 되었지만 절제된 생활로 다져진 단단한 몸매를 지니고 있었고, 겉모습은 사업가 같지가 않고 학자풍으로 보였다. 검은 테의 뿔 안경에 코밑수염이 달린 길쭉한 얼굴은 얼른 판단하기 어려운 속내를 감추고 있는 듯했다.

기장과 부기장, 그리고 남자 승무원 한 명과 여자 승무원

두 명이 서 회장 일행을 맞았다. 기장은 외국인이었고 나머지 사람들은 모두 한국인이었다. 그는 거실로 들어가 간편한 복장으로 갈아입은 다음 창가에 앉아 와인으로 마른 목을 축였다. 비바람이 창을 후려치고 있었지만 제트기는 예정대로 잠시 후 땅을 박차고 공중으로 솟구쳤다. 비행기를 관리하는 회사에서는 악천후라 날씨가 좋아질 때까지 출발을 미루는 게 좋겠다는 의견을 보내왔지만 그는 그럴 수가 없었다. 정오가 막 지난 시간인데도 날씨는 어두웠고 하늘에서는 천둥과 함께 번개가 치고 있었다. 하지만 그의 머릿속에는 어머니의 임종을 지켜야 한다는 생각 밖에 없었다.

그의 어머니 박용자 여사는 81세로, 18세에 결혼하여 서 회장을 낳았다. 하지만 아들이 돌도 되기 전에 과부가 되었고, 평생을 재혼하지 않고 아들 하나만 기르면서 살아왔다. 그런 어머니이기 때문에 서 회장은 어머니에 대한 애틋한 감정이 항상 떠나지 않았고 지극한 효심으로 어머니를 섬겼다. 그런 어머니가 이제 외롭고 고난에 찬 한 많은 생을 마감하려 하고 있다. 그는 그것을 굳이 붙잡고 싶지 않았고, 그것은 붙잡을 수 있는 일도 아니었다. 그는 그저 어머니의 죽음을 자연스럽게 받아들이고 싶었다. 비통한 마음으로 애절하게 통곡하거나 그럴 것 같지는 않았다. 그냥 그 죽음을 자연의 일부로 인정하고 싶을 뿐이다.

하지만 하나밖에 없는 자식이 바쁜 일정 때문에 어머니의 임종을 못 지킨다는 것은 평생 견딜 수 없는 죄스러움이 될 것 같았다. 한평생 그를 위해 수절하면서 사랑을 쏟아온 어머니의 마지막 가는 길을 그는 편안하게 배웅해 드려야 할 의무가 있었다.

그가 오늘날 대기업 군을 거느린 오리온 그룹의 오너로 성공하기까지는 그 누구보다도 어머니의 힘이 컸다. 열아홉 살에 홀몸이 된 그의 어머니는 아들이 학교에 갈 나이가 될 때까지 고향에서 남편을 기다렸다. 그녀가 출산을 앞두고 있을 때 전장에 나간 남편은 아기가 태어난 지 백일이 되었을 때 휴가를 내어 잠시 집에 들렀다가 귀대한 뒤로는 소식이 없었다. 얼마 후 군부대에서는 실종 통보가 왔고, 남편은 실종자로 처리되었다.

그러나 그녀는 남편이 언젠가는 돌아올 것으로 믿고 그를 기다렸다. 전사 통지가 오지 않은 이상 기다리는 것이 당연하다고 생각했다. 어쩌면 포로가 되어 북쪽으로 끌려갔을지도 모른다는 최악의 상황까지 가정했지만, 어떻든 그녀는 남편을 기다렸다.

그러나 남편은 전쟁이 끝나고 수년이 지난 뒤에도 돌아

오지 않았다. 남편에 대해서는 그 어떤 소식조차 들을 수 없었다.

아들이 국민학교에 입학하자 그녀는 아들을 시부모에게 맡기고 돈을 벌기 위해 서울로 올라갔다. 그녀는 모든 일에 적극적이고 억척스러운 데가 있었다. 그리고 판단과 행동이 빨랐다. 서울로 올라가 그녀가 처음 취직한 곳은 어느 한식당이었다. 식당은 식사와 잠자리가 해결되기 때문에 고되지만 시골에서 갓 올라온 시골뜨기 여자에게는 적당한 일자리였다.

그곳에서 1년 남짓 착실하게 일하면서 돈을 조금 저축한 그녀는 자리를 바꿔 어느 부잣집 가정부로 입주했다. 식당보다는 덜 고되고 월급도 나았지만 입주한 지 6개월쯤 되는 어느 날 주인 남자가 추행하려고 달려드는 바람에 간신히 위기를 모면하고 그 집을 나왔다.

그녀는 식당을 하나 차리는 게 소원이었지만 돈이 없어 그럴 수가 없었다. 대신 그녀는 그동안 모은 돈으로 시래깃국을 팔았다. 시래깃국이라면 시골에서 신물 나게 끓여봤기 때문에 그녀가 자신있게 할 수 있는 것은 그것밖에 없었다. 빈터에 천막을 치고 시래깃국 장사를 하자 한 번 먹어본 사람은 계속해서 찾아왔다. 값이 싼 데다 시골 어머니가 끓여준 시래깃국 맛이 오롯이 느껴지는 그녀의 시래깃국은 입소문을 타고 금방 소문이 퍼졌고, 얼마 가지 않아 앉을 자리가 없을 정도로 사람들이 밀려들었다. 어떤 사람이 건물 1층에 있는 넓은 장소를 제공할 테니 함께 장사하자고 꼬드겼지만 그녀는 그 제의를 거절하고 그대로 천막에서 시래깃국을 팔았다.

사람들은 시래깃국만 먹는 게 아니었다. 소주도 찾았고, 적당한 안줏거리를 내놓으라고 성화였다. 그래서 그녀는 두부도 마련했고, 파전 같은 부침도 만들어 팔았다. 그 바람에 매상은 하루가 다르게 올라갔고, 그만큼 손이 딸려 일을 도와주는 여자를 두 명이나 구했다. 1년이 채 안 돼 그녀는 천막 장사를 걷어치우고 건물 안으로 자리를 옮겼다. 천막보다는 다섯 배 정도 넓어 이제는 마음 놓고 국밥을 팔 수 있겠다 싶었는데 그게 아니었다. 손님은 갈수록 늘어났고, 그곳마저도 식사 때는 자리가 없을 정도로 비좁게 느껴졌다.

그녀는 시골에 혼자 있는 친정어머니와 아들을 서울로 불러들였다. 아들을 서울의 국민학교에 전학시키고 식당 일은 어머니에게 맡겼다.

시간 여유가 좀 생기자 그녀는 일간 신문을 꼼꼼히 챙겨 읽었고, 이 사람 저 사람을 만나 세상 물정을 파악하는 데 공을 들였다. 다시 2년쯤 지나자 그녀는 시래기 국밥집을 서울

시내에 세 개나 더 열었고, 쌓이는 돈으로 강남의 땅을 야금 야금 사들이기 시작했다. 그렇게 해서 그녀가 사들인 땅은 10년 동안 수만 평이나 되었다.

이제 그녀는 은행을 이용할 줄도 알았고, 땅을 팔아 더 큰 땅을 사는 투기꾼의 수완도 유감없이 발휘했다. 그녀는 얼른 보기에 복부인 같았지만 이미 그런 수준을 넘어서고 있었다. 스케일이 크고 대범하면서도 치밀한 데가 있는 그녀는 돈 냄새를 잘 맡았고, 가능성이 있다고 판단되면 주저없이 투자했다.

마흔이 되기 전에 그녀는 빌딩을 여러 채 소유하게 되었고, 처음으로 개발 회사를 차렸다. 그 회사는 서울과 경기 지역의 땅을 집중적으로 사들이고, 값이 오르면 되파는 일을 주된 업무로 삼았다. 강남 개발이 본격화되면서 그녀가 사놓은 땅은 수십 배로 치솟았고, 어떤 곳은 백 배가 넘게 오른 곳도 있었다. 그녀는 강남땅 일부는 처분하고, 건설 회사를 차려 나머지 땅에다 수백 세대의 아파트를 지어 팔았다.

아파트는 웃돈까지 붙으며 순식간에 팔려 나갔고, 그녀는 자신감을 갖고 더 큰 아파트 단지를 만들어 비싼 값으로 팔아 치웠다. 그녀는 운수업에도 뛰어들었고, 식품업에도 손을 대 자연산 무공해 식품으로 돌풍을 일으켰다. 전국 판매망을 통해 된장과 고추장, 김치까지 공급했는데, 순식간에 국내 매출 1위를 달성할 정도였다.

그렇게 바쁘게 정신없이 살다 보니 그녀의 나이 어느새 50이 훌쩍 넘어가 있었다. 사업은 감당하기 어려울 정도로 커져 버렸고, 그녀는 변화하는 시대에 맞게 사업을 적응시키는 데 한계를 느끼고 있었다. 그녀의 사업이나 그 방식, 앞으로의 사업 계획 같은 것은 20년 전에 머물러 있었고, 새로운 시대에 걸맞은 감각과 비전이 결여되어 있었다. 그녀는 변화의 필요성을 절감하고 있었지만 한편으로는 그것을 두려워하고 있었다. 그녀가 지금까지 사업을 키워온 것은 순전히 동물적 감각과 노력, 열정과 집요한 승부욕 덕분이었다. 그러나 21세기에는 그런 것만으로는 부족했다. 그녀에게는 지식과 철학, 글로벌화한 세계를 헤쳐 나갈 수 있는 능력이 없었다.

생각 끝에 그녀는 하나밖에 없는 아들에게 도움을 청하기로 했다. 언젠가는 아들에게 사업을 물려줄 생각이긴 했지만 그 시기가 의외로 빨리 다가온 것 같았다.

그때 문구는 프랑스의 프로방스 지방에서 소일하고 있었다. 그의 어머니는 외아들이라고 해서 항상 자기 치마폭 속에 보호해 두려고 하지 않고 일찍부터 외국물을 먹게 했다. 경제적으로 그만한 여유가 있었기 때문에 중학교를 졸업하자마자 아들을 미국으로 보냈다. 문구 자신도 외국에 유학하고 싶어했기 때문에 그는 거부감 없이 유학 생활에 적응할 수가 있었다.

미국의 명문 사립 고등학교를 나온 그는 명문대학도 수월하게 들어갔고, 대학에서는 건축을 전공했다. 그리고 대학을 졸업하자 프랑스로 건너가 대학에서 느닷없이 그림 공부를 했다. 그는 어머니가 보내주는 돈으로 마음대로 공부할 수 있었지만 어머니가 벌여놓은 사업에 대해서는 조금치도 관심이 없었다. 내친김에 그는 조각도 공부했고, 학업을 마친 후에는 작품 제작에 몰두했다.

어느 해엔가는 세계 건축 비엔날레에 출품한 그의 건축 설계가 그랑프리를 차지했는데, 그것을 계기로 그에게 일감이 밀려들기 시작했다. 그의 건축은 단순한 건축물이 아니라 거기에다 회화와 조각을 가미하기 때문에 독특하고 예술성이 강했다. 그래서인지는 몰라도 설계비가 세계적인 건축가들보다 비싸면 비쌌지 결코 싸지가 않았다. 이제 얼굴을 내민 새파란 작가가 터무니없이 군다고 비난들을 했지만 그는 조금도 개의치 않았다. 값을 싸게 해서 작품을 만들 생각이 추호도 없었던 것이다. 그러다 보니 설계를 부탁하는 사람이 거의 없었고, 미술 작품들도 어쩌다 한두 개 팔리는 게 고작이었다.

그에 반해 평단은 항상 그의 작품들을 극찬했고, 그러다 보니 시간이 흐르면서 그의 작품을 찾는 사람들이 조금씩 늘어나기 시작했다. 그러나 그는 주문한 대로 작품을 주지 않고 아주 조금씩만 그것을 내놓았다. 일부러 작품 공급을 조절한 것이 아니라 자기 페이스대로 일하다 보니 그렇게 된 것이었다.

그는 유유자적하면서 삶을 즐기는 것을 가장 중요하게 생각했다. 그래서 아등바등 일하는 것을 싫어했고, 일밖에 모르는 사람들을 경멸했다. 건축 설계의 경우 2, 3년에 하나 정도 완성해도 몇 년은 충분히 여유있게 살 수가 있기 때문에 더 이상 어머니의 도움을 받지 않고 생활할 수가 있었다. 그는 거의 외국에서 생활했다. 어쩌다 한국에 올 때도 있었지만 국내 생활에 답답해하다가 금방 떠나곤 했다.

그가 어머니한테서 회사 일을 도와달라는 연락을 받은 것은 프로방스 지방에 있는 언덕 위 마을 생폴 드 방스에서 일주일째 소일하고 있을 때였다. 중세 때 돌로 지은 집들이 고스란히 남아 있는 그 마을은 차가 들어갈 수 없는, 돌 깔린 좁은 골목들이 미로처럼 얽혀 있고, 골목을 사이에 두고 많은 갤러리와 카페, 각종 숍이 촘촘히 들어차 있어서 어슬렁거리며 돌아다니기에는 그만한 데가 없었다.

사르트르와 보부아르, 피카소, 샤갈, 마티스, 이브 몽탕 등 유명 인사들이 한때 살기도 하고 머물다 가기도 해서 더욱 유명해진 그 마을에서 문구는 골목과 돌집들을 스케치하기도 하고 사진을 찍기도 하면서 시간을 보냈다. 노천 카페에 앉아 커피를 마시면서 스케치를 할 때는 고양이들이 그의 주위로 어슬렁거리곤 했다. 그가 먹을 것을 던져주곤 하자 그를 알아보고 찾아온 것이다.

그의 곁에는 마리라고 하는 금발의 아가씨가 그림자처럼 항상 따라다녔다. 1년 전 파리에서 만난 그녀는 대학에서 인테리어 디자인을 공부하고 있었는데, 방학을 맞아 문구를 만나기 위해 그곳까지 온 것이다. 그녀는 얼른 보기에는 그저 평범하게 생겼지만 가만히 뜯어보면 매력적인 데가 많은 여자였다. 그들은 연인 사이였지만 결혼을 약속하거나 골치 아프게 장래 문제를 꺼내거나 한 적은 없었다.

생폴 드 방스에서 일주일을 보내고 난 그는 마리와 함께 계속해서 루르마랭, 루비옹, 고르드 등 프로방스의 아름다운 마을들을 돌아다녔다.

루르마랭의 작은 공동묘지에서 만난 알베르 카뮈의 묘는 그에게 묘한 감정과 함께 여러 가지 생각을 하게 만들었다. 생전에 세계인들이 흠모해 마지않았고, 특히 여성들의 가슴을 설레게 했던 노벨문학상 수상작가의 묘는 그의 명성에 비해 너무나 작고 초라해 보였다.

투박하고 거칠어 보이는 네모진 조그만 돌판에는 간단하게 'Albert Camus 1913-1960' 이라고만 새겨져 있었다. 그리고 그 위에는 시든 꽃 한 송이가 놓여 있었다. 그의 묘를 물끄러미 보고 있는 동안 처음의 작고 초라하던 느낌은 사라지고 마치 그것이 인생의 허무를 속삭이고 있는 것 같은 느낌이 들면서 비로소 카뮈 묘 같다는 생각이 들었다.

카뮈는 화려하고 야단스러운 것을 싫어하고 간결하고 소박한 것을 좋아했다. 일체의 권력을 혐오했고, 그래서 엘리제 궁의 초대에도 응하지 않았다. 프로방스의 눈부신 햇빛 속에서 일반 주민의 묘 사이에 끼어 티를 내지 않고 조용히 누워 있는 카뮈야말로 진정한 반항아처럼 보였다.

그는 죽어서도 멋지구나. 이런 게 프랑스적인 미학인가. 그는 한국의 호화 묘들을 생각하자 눈살이 찌푸려졌다.

프로방스에서 한 달 남짓 지내는 동안 그는 어머니의 제의를 줄곧 생각해 보았다. 그리고 여행이 끝나자 짐을 싸들고 한국으로 돌아왔다. 중학교를 마치고 외국으로 떠난 지 거의 20년 만에 완전히 외국 생활을 접고 귀국한 것이다.

사업과 경영에 대해서 경험도 없고 생각해 본 적도 없는 그는 오리온 그룹의 규모와 현황을 알고는 첩첩산중에 혼자 고립된 것 같은 기분을 느꼈다.

그와 함께 비로소 어머니가 홀로 얼마나 많은 일을 했는지 알 수 있을 것 같았고, 어머니에 대한 한없는 존경심과 감동으로 주체할 수 없이 눈물을 흘렸다.

"넌 아무 것도 모를 테니까 내 곁에서 날 도와주기만 하면 돼. 그동안 외국에서 좋은 거 많이 보고 배웠을 테니까 그건 나중에 차차 써먹으면 될 거고, 우선 현황 파악을 하고 직원들도 사귀고 그래라. 난 아직 팔팔하니까 앞으로도 한참은 일할 수 있다. 하지만 네가 빨리 나서줬으면 좋겠다. 빠르면 빠를수록 나한테는 좋아. 그리고 서른댓 살이나 됐는데 이젠 결혼해서 이 외로운 엄마한테 손자 한 놈 안겨줄 수 없겠니?"

"외국 며느리도 괜찮습니까?"

그의 어머니는 대답하지 않고 시선을 딴 데로 돌렸다.

오리온 그룹 기획실 이사로 첫 출근한 그는 1년 후에 상무가 되더니 다시 1년이 지나서는 전무도 거치지 않고 부회장 자리에 올랐다. 그리고 마리와 결혼식을 올렸다.

그는 자신도 놀랄 정도로 빠른 속도로 그룹을 장악해 나갔다. 자신에게 그런 능력이 있을 줄은 꿈에도 생각해 본 적이 없는데도 뛰어난 수완을 발휘해서 문제를 해결해 나갔고, 결단력과 친화력으로 얼마 가지 않아 카리스마까지 갖추게 되었다. 각종 사업을 운영하는 데 있어서 무엇보다 경험이 부족

하고 전문성까지 갖추고 있지 않은 그가 단기간 내에 실력을 발휘할 수 있었던 것은 용인술 덕분이었다.

부회장 자리에 앉게 되면서 실질적으로 오리온을 떠맡게 된 그가 가장 역점을 두고 추진한 것은 인재 확보였다. 그 바람에 갑자기 스카우트 열풍이 불었고, 오리온의 인사 담당자들은 해외에까지 나가 인재들을 사냥했다. 모든 구조를 실력 위주로 다시 짜고, 대대적으로 인사이동을 단행했다. 실력을 갖춘 인재들에게 재량권을 줌으로써 자신은 큰 줄기만 관장했다. 인재들이 올린 성과물은 그의 것이 되었고, 그는 명실공히 오너로 확고한 위치를 확보할 수가 있었다.

다음에 그가 역점을 둔 분야는 기술 개발이었다. 그는 기술 개발에 아낌없이 투자했고, 수년이 지나자 그 성과가 나타나기 시작했다.

그 성과를 바탕으로 오리온은 에너지, 신소재, 생명공학, 전자 등 첨단 분야로 사업 영역을 과감히 넓혀 나갔다. 20년이 지났을 때 오리온은 그의 어머니가 맡고 있을 때보다 매출이 수백 배나 신장되어 있었다.

요동치던 비행기는 고도 1만 미터 이상으로 진입하자 비로소 편안한 상태를 유지했다. 그동안 일행 중에는 겁에 질려

토하는 사람도 있었지만 그는 아무렇지도 않았다.

그가 타고 있는 비행기는 미국 보잉 737기를 개조한 보잉 비즈니스 제트(BBJ)로, 장거리 출장이 잦은 기업인이나 유명 인사들이 주로 이용하는 자가용 임대 비행기였다. 탑승 인원은 18명으로 기체는 작지만 운항 거리가 1만 ㎞가 넘는다. 경제 규모가 커지고 기업인을 비롯한 유명인들의 해외 출장이 많아지면서 국내에도 비즈니스 전용기 임대 사업을 하는 회사가 생겨났고, 비행기를 소유하는 것보다는 임대해서 쓰는 것이 훨씬 경제적이라는 것을 알게 된 대기업에서는 너도나도 회원으로 등록해서 비행기를 빌려 쓰고 있었다. 이를테면 서 회장이 회원으로 가입하고 있는 회사는 콘도식으로 비행기 한 대를 15명이 공동 소유하는 형식으로 이용하게끔 하고 있는데, 회원은 입회비 29억 원 외에 이용할 때마다 이용료를 내면 된다. 5년 단위로 계약을 하는데 5년 후에는 입회비를 전액 환불해 주기 때문에 자가용 비행기를 이용하고 싶어하는 사람들에게는 상당히 구미가 당기는 조건이라고 할 수 있었다.

자가용 비행기가 갑자기 인기를 끌게 된 데에는 순전히 비즈니스 때문만은 아니고 비행기 테러에 대한 심리적인 불안감도 한몫하고 있었다. 9.11테러 이후 일반 여객기에 대한 테러 가능성이 상존하면서 장거리 출장이 잦은 부호들과 유명인들은 상대적으로 안전한 자가용 전용기를 찾게 되었던 것이다.

비행기가 김포공항에 도착한 것은 한밤중인 1시가 지나서였다. 터미널 도착장을 빠져나가자 마리의 모습이 보였다. 그보다 열다섯 살이나 젊은 그녀는 기품 있고 우아한 40대 후반의 부인으로 변해 있었다. 그녀는 유럽에서 상당히 인정받는 인테리어 디자이너로 활동하고 있었기 때문에 그들 부부는 멀리 떨어져 살고 있었다.

그녀가 박 여사의 임종을 지키기 위해 부랴부랴 한국에 온 것은 불과 다섯 시간 전이었다. 서 회장은 그녀를 한번 가볍게 껴안아준 후 그녀와 함께 대기하고 있는 차를 타고 곧장 병원으로 향했다.

"재인은 큰 수술이 두 개나 잡혀 있어서 올 수가 없었어요."

마리는 능숙한 한국말로 말했다. 큰딸인 재인은 파리에서 의사로 일하고 있었다.

마리와 서 회장은 슬하에 두 명의 자식을 두었는데, 아들은 좀 별난 데가 있어서 몇 년째 얼굴을 볼 수가 없었다.

미국의 명문 대학에서 신학을 공부하던 그는 갑자기 학교를 중퇴하고 티베트로 가서 그곳에서 수년을 지냈다.

아버지의 경제적인 도움을 일체 거부한 채 밑바닥 생활을 하고 있는 그를 만나기 위해 서 회장 부부가 티베트로 그를 찾아갔을 때 그는 티베트 여인과 결혼해서 아들 하나까지 낳고 살고 있었다.

그 후 그는 에베레스트를 단독 등정하는 데 성공하더니 느닷없이 아마존 밀림을 탐사하기 위해 밀림 속으로 사라졌다가 2년이 지나서야 돌아왔는데 그의 품 안에는 갓난아기가 안겨 있었다. 그 아기도 아들이었다. 아기 엄마는 죽었다고 했다.

지금 그는 자전거로 세계 일주를 하고 있었고, 아들 둘은 마리가 티베트 며느리와 함께 파리에서 돌보고 있었다. 극한 상황에서 모험을 즐기는, 예측을 불허하는 돌출 행동 때문에 마리와 서 회장은 마음이 편치 않았지만 그렇다고 어찌해볼 수도 없어 그냥 아들이 돌아오기만을 기다리고 있었다.

병원에서는 주치의와 담당 의사가 기다리고 있었다.
노모는 거의 느낄 수 없을 정도로 가늘게 숨을 쉬고 있었다.
"의식이 없으십니다."
주치의가 말했다.

"오래되셨나요?"

"초저녁부터 계속 의식이 없으십니다."

이러다가 돌아가시면 어떡하나 하고 서 회장은 생각했다.

처음 주치의 말대로라면 그의 노모는 지난 밤을 넘기기 어려웠다고 했다. 그런데 그의 간청으로 목숨을 하루 더 연장한 것이다. 간청한다고 해서 사람 목숨이 연장되는 것은 아니지만 워낙 의술이 발달해 있고 특별한 약들이 개발되어 있는 만큼 비상수단을 써서라도 하루 정도는 생명을 연장시키는 것은 가능한 것 같았다.

그런데 목숨은 붙어 있지만 의식을 차리지 못한다면 아무 의미도 없지 않은가. 어떤 방법을 썼기에 어머님 목숨을 연장시킬 수 있었을까. 아마 무슨 약인가를 투약했을 것이다. 하지만 그는 거기에 대해서는 구체적으로 묻지 않았다.

박용자 여사는 가물가물해지는 의식의 끝을 가까스로 움켜잡고 있었다. 그 줄을 놓으면 자기는 다시는 돌아올 수 없는 곳으로 영원히 떠난다는 것을 알고 있었다. 사람들이 말하는 소리도 들렸고, 아들 부부가 와 있다는 것도 알고 있었지만 눈을 뜰 수도 손가락 하나 움직일 수도 없었다.

대문 앞이 환해지는가 싶더니 60여 년 전에 헤어졌던 남편의 모습이 보였다. 그는 군복 차림이었고, 모자 위에는 소위

계급장이 달려 있었다. 대문 앞에서 그는 가족들에게 작별 인사를 하고 있었고, 그녀는 백일 된 아들을 안고 한편에 서 있었다. 전쟁 중인데도 남편은 잠시 휴가를 내어 아들 백일잔치에 참석했다가 전쟁터로 돌아가는 길이었다. 지난해 결혼해서 그녀는 아기를 가졌는데 출산을 앞두고 갑자기 전쟁이 일어나 남편이 전쟁터로 가는 바람에 낳은 지 백 일이 되어서야 처음으로 아기를 남편에게 보여줄 수가 있었던 것이다. 시부모가 버티고 있어서 그녀는 남편에게 작별 인사도 제대로 할 수가 없었다. 눈물만 짓고 있는데 그는 아기를 한 번 번쩍 안았다가 그녀에게 도로 안긴 다음 홱 돌아서서는 걸어가기 시작했다. 그녀는 그를 부르고 싶었지만 아무 소리도 나오지 않았다. 모퉁이로 사라지는 것을 보고는 그제야 허둥지둥 뒤따라갔다. 모퉁이로 돌아서자 시부모는 보이지 않았고, 그는 그녀가 올 줄 알았다는 듯 거기서 머뭇거리고 서 있었다.

"잘 있어요. 부모님 잘 모시고… 아기 잘 기르고……."

신랑은 두 손으로 그녀의 손을 움켜잡았다. 그녀는 설움이 북받쳐 울기만 했다.

"울지 마. 곧 올텡께 걱정하지 마."

그녀의 마구 떨어대는 어깨를 잡아 흔들다가 그는 뒷걸음질 쳤다.

"이제 들어가. 어서 가라구."

그는 몸을 돌려 걸어가기 시작했다. 그녀는 울면서 그를 따라갔다.

"가! 가라니까!"

그는 돌아서서 손을 내저었다. 그가 다시 걸어가자 그녀는 멈칫거리다가 또 그를 따라갔다. 그의 걸음걸이가 빨라지면서 그녀와의 간격이 벌어지기 시작했다.

"가! 이젠 제발 가란 말이야!"

징검다리 앞에서 그가 화가 난 듯 말했다. 그의 눈에 눈물이 어려 있는 것을 보고 그녀는 멈칫했다. 빨래를 하고 있던 아낙들이 혀를 차면서 그들의 이별 장면을 지켜보고 있었다. 그녀는 다리를 건널 수가 없었다. 다리 저쪽에서 남편이 손을 흔들었다. 그녀도 손을 흔들었다.

"몸조심해요!"

그녀는 외쳤지만 그 소리는 입 안에서 맴돌다 말았다. 남편의 모습이 마침내 대나무 숲 뒤로 사라지자 그녀는 아기를 끌어안고 울음을 터뜨렸다.

그것이 남편과의 마지막이었다. 남편한테서는 소식이 없었고, 얼마 후에 집으로 날아든 것은 남편이 실종됐다는 통보였다.

남편 서중보(徐重寶)는 대학에 다니다가 군에 징집되었는데, 일주일 정도 훈련을 받고는 소위 계급장을 달고 전선에 투입되었다. 장교가 절대적으로 부족한 상황에서 조금이라도 학력이 높거나 하면 무조건 장교 계급장을 달아주었던 것이다.

어찌어찌하여 실종 경위를 알아본 결과 남편은 부대에 도착하자마자 서부전선으로 떠나라는 지시를 받았는데, 그가 속해 있는 연대 병력은 대부분 이미 하루 전에 출발하고 그의 소대 병력만 남아서 그가 돌아오기를 기다리고 있었다.

유엔군의 인천상륙작전으로 갑자기 퇴로를 차단당한 인민군은 점령지를 이탈해서 산발적으로 산을 타고 북상하거나 아니면 그대로 남아서 치열한 전투를 벌이고 있었다. 서 소위의 소대는 민간 트럭을 징발해서 경상도 함양 산청 쪽으로 달려갔다. 지리산 지역을 통과해서 남원을 지나 광주까지 가서 본대와 합류할 생각이었다. 하루 전에 출발한 부대하고는 통신 사정이 좋지 않아 연락이 되지 않았다. 그의 소대가 적의 공격을 받은 것은 함양을 막 지나고 있을 때였다. 적은 대기하고 있다가 공격을 퍼부었고, 그 수도 중대 병력 정도 되었기 때문에 서 소위 소대는 제대로 싸워보지도 못한 채 당하고 말았다. 소대 병력의 반 이상이 사살되고 서 소위를 비롯한 나머지 병사들은 적에게 붙잡혀 끌려갔다. 이것은 포위망을 뚫고 간신히 살아남은 병사의 증언으로 확인된 것이다.

박 여사가 두 눈을 번쩍 뜬 것은 동이 터오고 있을 때였다. 간호사의 귀띔을 받은 서 회장과 마리는 깜짝 놀라 침대 곁으로 바싹 다가섰다.

"어머니!"

서 회장은 어머니의 손을 잡고 나직이 불렀다. 그녀의 눈꺼풀이 파르르 떠는 것 같았다. 호흡이 거칠어지고 있었다.

"어머니, 저 왔습니다. 이 사람도 왔습니다."

그는 마리의 손을 잡아끌었고, 마리는 그 손으로 어머니의 손을 잡았다.

"어머니, 이제 정신이 좀 드세요?"

박 여사가 입술을 달싹거렸다. 무슨 말인가 하려고 애쓰고 있었다.

"뭐라고 말씀하셨어요?"

"네, 아버지가……."

그녀는 오른손을 쳐들었다. 목소리가 작아서 잘 알아들을 수가 없었다. 서 회장은 어머니의 입 가까이 귀를 갖다 댔다.

"말씀해 보세요. 크게 말씀해 보세요."

"네 아버지가… 저기서… 아까부터… 나를… 기다리고 있어."

"네, 어머니. 무슨 말씀인지 알겠어요. 저희 걱정은 마시고 아버님 만나 행복하게 지내세요."

그녀는 자기보다 두 살 위였던, 스물한 살에 실종된 그 남편을 60여 년이 지나서야 비로소 만나려 하고 있었다. 그녀의 창백한 얼굴에 살짝 핏기가 돌면서 미소가 스쳐가는 듯했다.

"어머니!"

서 회장이 좀 더 큰 소리로 불렀지만 그녀의 입에서는 더이상 아무 말도 나오지 않았다.

그녀의 두 눈은 허공을 향한 채 움직이지 않고 있었다. 거칠게 몰아쉬는 호흡의 간격이 길어지더니 유난히 길게 지상의 공기를 들이마시고 나서는 다시는 그것을 내쉬지 않았다. 그 상태 그대로 모든 것이 멈춰져 있었다. 주치의가 맥을 짚어보더니 '운명하셨습니다' 하고 말했다.

서 회장은 넋 나간 모습으로 어머니의 잠든 얼굴을 한참 동안 바라보았다.

어머님의 인생은 기다림이 아니었을까. 말은 안 하셨지만 혼자 몸이 된 열아홉 살 때부터 오로지 행방을 알 수 없는 남편만을 기다려 온 게 아니었을까.

그녀가 걷잡을 수 없이 벌려온 사업이란 것도 남편에 대한 그리움이 그 밑바탕에 깔려 있었기에 가능했던 게 아니었을까. 보세요. 난 이렇게 열심히 살고 있어요. 아이도 잘 자라고 있어요. 당신이 돌아오면 이 모든 걸 보여드리고 싶어요. 당신이 무사히 돌아오면 이 모든 걸 당신한테 맡기고 난 좀 쉬고 싶어요.

어깨 위에 마리의 손길이 느껴졌다. 그는 조용히 손을 뻗어 어머니의 두 눈을 가만히 감겨주었다.

그의 두 눈에서는 어느새 뜨거운 눈물이 걷잡을 수 없이 흘러내리고 있었다.

병사의 유골 • • • 🐺

날이 새기가 무섭게 유씨는 아침 식사를 준비했다. 곰 소동 때문에 잠을 설친 아이들도 일찍 일어나 식사 준비를 도왔다.

아이들은 간밤의 곰 소동이 믿어지지 않는다는 표정들이었다. 케르는 한 편에 얌전히 앉아 있었다.

"아빠, 어젯밤 그 곰들, 지리산에 방사한 반달곰일까요?"

다루가 가스버너를 점검하고 있는 아버지를 쳐다보고 물었다.

"그럴 거다. 지리산 반달곰은 멸종되었으니까. 그래서 외국에서 반달곰을 들여와서 지리산에 풀어놓은 거지."

"그럼 새끼는 여기서 낳은 건가요?"

"아마 그랬겠지?"

"만일 곰이 자꾸 많아지면 어떡해요? 지리산에 곰이 우글 거리면 사람들 등산도 못 다닐 거고⋯ 문제가 많잖아요."

세미가 걱정스러운 듯 말했다. 다루가 그 말을 냉큼 받았다.

"그런 걱정은 안 해도 돼."

"네가 뭘 알아서?"

"사자나 호랑이, 곰 같은 맹수는 새끼를 한두 마리밖에 못 낳기 때문에 개체 수가 항상 한정되어 있어. 왜 먹이사슬이란 거 있잖아. 먹이사슬의 맨 꼭대기는 숫자가 적으니까 뾰쪽하 잖아. 그리고 밑으로 내려갈수록 넓어지고. 지리산 반달곰은 일부러 방사한 건데 자연에 적응이 어려워서 자꾸 죽고 현재 몇 마리만 겨우 살아 있다는 기사를 봤어. 새끼까지 데리고 다니는 걸 보면 어젯밤 우리가 본 그 곰은 적응에 성공한 케 이스일 거야."

케이스라는 외국어까지 섞어 쓰면서 어른처럼 설명하는 다 루가 대견해서 유씨는 미소를 지으면서 연방 고개를 끄덕였다.

"그럼 호랑이나 사자도 갖다가 방사하지 왜 안 하니?"

궁지에 몰린 세미는 엉뚱한 질문을 했다. 이것만은 제대로 대답하지 못할 거라고 기대하면서.

"호랑이나 사자는 육식동물이기 때문에 지리산에 방사하

면 사람들 다 잡아먹을 거야. 하지만 곰은 초식을 좋아하고, 사람을 잡아먹지는 않아."

그것도 모르느냐는 듯 쳐다보자 세미는,

"아빠, 밥 넘어요!"

하면서 밥이 끓고 있는 쪽으로 얼른 시선을 돌렸다.

산 속에서 먹는 밥은 아침에도 맛이 있었다.

식사를 하고 나서 능선에 오르지 능선에는 벌써 등산색들이 오가고 있었다. 하늘은 구름 한 점 없이 맑았고, 시간이 흐르면서 햇빛은 뜨거워지기 시작했다.

두 시간쯤 걷고 나자 온몸은 땀으로 젖어들었고, 숨소리도 거칠어지고 있었다.

세미의 얼굴은 불볕더위에 빨갛게 익어 있었다. 항상 맨 앞에 서서 자신만만하게 걸어가던 세미는 어느 사이에 다루 뒤로 처지고 있었다.

그녀의 얼굴에는 짜증스럽고 힘들어하는 기색이 숨김없이 드러나 있었고, 급기야는 쉴 때 아버지에게 따지듯 이렇게 물었다.

"힘들게 왜 등산하는 거예요?"

유씨는 조금 난처한 기분이 들었다. 한참 등산하고 있을 때 그것은 질문이 될 수 없는 질문이다. 하지만 아직 어리기 때문에 그런 질문을 던질 수 있는 것이라고 생각하자 얼굴에 미소가 떠올랐다.

"등산하는 데는 사람에 따라 여러 가지 이유가 있겠지. 하지만 대부분 힘들기는 하지만 산이 좋기 때문에 등산을 할 거야. 산은 자연의 보고거든. 콘크리트 숲 속에서 살고 있는 현대인들은 자연이 그립고, 그래서 자연이 보존되어 있는 산에 오르고 싶어하는 거야. 건강에도 참 좋거든."

"하지만 너무 힘들지 않아요?"

"그렇지. 힘들긴 하지."

"편한 것만 쫓다가는 사람 몸은 썩는다구."

다루가 참지 못하고 참견했다.

"썩긴 왜 썩니?"

"사람들이 왜 힘들게 헉헉거리면서 운동하는지 알아? 운동하지 않으면 육체는 결국 병이 든다구. 그게 썩는 게 아니고 뭐야. 그러니까 사람은 끊임없이 움직여야 해. 힘들어도 움직여야 해. 그런 점에서 등산은 최고의 운동이야."

다루는 혀를 쑥 내밀고 나서 배낭을 지고 먼저 출발했다. 케르가 재빨리 그 뒤를 따랐다.

"저게 그냥."

세미가 화가 나서 씩씩거렸다.

"너무 빨리 가지 말고 천천히 가거라."

뒤에다 대고 유씨가 말했다.

"아빠, 오늘은 어디까지 가요?"

저만치서 다루가 물었다.

"벽소령 산장까지 갈 거다."

"거기서 잘 거예요?"

"그래."

다루는 케르와 함께 걷는 동안 그가 그렇게 든든할 수가 없었다.

가끔씩 앞뒤에 인적이 끊기면서 갑자기 두려움이 엄습할 때가 있었다. 그럴 때 케르를 불러 안아주면 놈은 좋아서 어쩔 줄 몰라 하며 그에게 뛰어오른다.

그 순간 두려움은 사라지고, 케르가 그렇게 믿음직스러울 수가 없다.

다루와 케르가 연하천 산장에 막 도착했을 때 갑자기 바람이 거세지더니 소낙비가 몰아치기 시작했다. 산장 주위에서 점심 식사를 준비하던 등산객들이 비를 피해 이리저리 뛰는 모습을 바라보면서 다루는 아버지와 세미를 걱정했다. 그렇지 않아도 힘들어하는 세미가 비까지 맞으면 더 힘들 거라고 생각하자 점점 초조해지기 시작했다.

그는 처마 밑에서 비를 피하면서 거의 한 시간 가까이 숲 속으로 이어진 길을 바라보고 있었다.

이윽고 아버지와 세미의 모습이 보이자 케르가 먼저 그들 쪽으로 달려갔다. 세미는 울고 있었다. 넘어져서 팔뚝과 무릎이 까져 피가 흐르고 있었다. 대단한 상처는 아니었고, 아버지가 소독약을 발라주고 괜찮다고 달래면서 왔지만 세미는 오는 동안 내내 훌쩍거렸다. 두 사람 다 우비를 썼지만 옷이 많이 젖어 있었고, 신발까지 젖어 걷기에 여간 불편하지가 않았다.

젖은 옷도 말리고 기력도 충분히 회복할 겸해서 유씨는 점심시간을 거의 두 시간 가까이 잡고 천천히 식사 준비를 했다.

연하천에서 벽소령까지는 느릿느릿 걸어도 세 시간이면 충분하고, 오늘 밤은 그곳 산장에서 숙박할 예정이었다. 지나가는 비였는지 식사를 끝내고 나자 비가 그치면서 하늘이 개였다. 세미는 언제 그랬느냐는 듯 웃으며 케르와 놀고 있었다.

일행은 4시에 연하천 산장을 출발했다. 세미는 먼저 갈 생각을 아예 접었는지 아버지와 보조를 맞췄는데, 그동안 힘이 빠진 탓도 있지만 앞서 가다가 갑자기 곰이라도 나타나면 어떡하려고 그러느냐고 다루가 겁을 주는 바람에 뒤로 슬그머니 물러난 것이다.

다루는 케르가 척후병처럼 앞장서서 길을 안내했기 때문에 곰이 나타난다 해도 겁날 게 하나도 없었다.

다루는 도중에 한 번 쉬는 사이 아버지와 세미를 만나 20분쯤 함께 앉아 있다가 벽소령 산장에 먼저 가 있겠다고 하고 일어섰다.

"너무 서두르지 마라. 넘어진다."

"네."

대답은 그렇게 했지만 다루는 잽싸게 걸어갔다. 어제와는 달리 산길에 익숙해지자 자신도 믿기지 않을 정도로 발걸음이 빨라지고 온몸에 힘이 넘치는 것 같았다.

"나는 늑대야. 늑대 소년 다루가 가신다. 길을 비켜라!"

스스로 늑대라고 생각하자 이상하게 발걸음이 가벼워지면서 몸이 붕 뜨는 것 같았다.

이윽고 저만치 멀리 산장이 보일 때쯤 문득 케르의 모습이 보이지 않았다. 길은 앞으로 쭉 뻗어 있었고, 조금 전만 해도 케르는 10여 미터 앞에서 걸어가고 있었다.

그런데 한눈을 파는 사이에 갑자기 시야에서 사라진 것이다.

다루는 주위를 둘러보다가 '케르!' 하고 불렀다. 아무 반응이 없자 이번에는 더 큰 소리로 '우우!' 하고 늑대 울음소리를 내면서 앞으로 뛰어갔다. 멀리 아래로 뻗어 있는 길 위에는 등산객만 두어 명 보일 뿐 케르의 모습은 보이지 않았다.

그때 뒤쪽에서 컹컹 하는 소리가 들려왔다. 앞서 간 줄 알았던 케르가 뒤에서 짖어대고 있었다.

"뭐하는 거야? 빨리 와!"

그러나 케르는 길 가운데 서서 꼬리를 흔들며 짖어대기만 했다. 오라고 손짓했지만 올 기미를 보이지 않고 계속 길 가운데 버티고 있었다. 뭔가 그에게 할 이야기가 있는 것 같았다.

그러나 개는 짖는 것으로 말을 대신하기 때문에 눈치껏 알아들을 수밖에 없었다.

"왜 그래? 곰이라도 나타났니?"

다루가 다가가자 케르는 재빨리 돌아서서 길을 벗어나 왼편 숲 속으로 사라졌다. 사라진 쪽에서 케르의 짖는 소리가 들려왔다.

이쪽으로 오라고 부르는 소리였다.

"케르! 왜 그러는 거야?"

20여 미터쯤 들어간 곳에 큰 바위가 하나 버티고 있었고, 케르는 그 앞에서 짖어대고 있었다. 무성한 숲이 빛을 가리고 있어서 그곳은 조금 어두워 보였다. 가까이 다가가 보니 수북이 쌓인 낙엽과 흙이 파헤쳐져 있었고, 그 위에 뼛조각 같은 것들이 흩어져 있었다. 소총 탄피와 신발 밑창을 발견하는 순간 다루는 멈칫하고 움직임을 멈췄다. 그것은 짐승 아닌 사람의 뼈 같았다. 소름이 쭉 끼치면서 그는 자기도 모르게 뒷걸음질을 쳤다.

그러자 케르가 그 자리에 서서 짖어대기 시작했다. 마치 겁내지 말고 자세히 살펴보라고 말하는 것 같았다.

"무섭단 말이야! 이리 와!"

그러나 케르는 여전히 짖기만 했다.

"알았다, 알았어!"

다루는 숨을 한 번 깊게 내쉰 다음 가까이 다가가 파헤쳐진 곳을 가만히 살펴보았다. 시신의 형체라도 남아 있으면 정말 무서워서 가까이 다가가지 못했겠지만 거의 흙이나 다름없이 검게 변한 뼛조각만 보였기 때문에 아까처럼 소름이 끼치거나 하지는 않았다. 탄피나 신발 밑창 같은 것으로 보아 전투 중에 사망한 것 같았다.

전투라면 1950년대 초가 아닌가. 그렇다면 거의 60년 전에 죽은 병사의 시신이다. 아니, 빨치산일지도 모른다. 국군이라면 몰라도 빨치산이라면 누가 이 유해를 거두어줄까. 케르가 꼬리를 흔들어대며 또 짖는다.

"알았어. 알았으니까 그만 짖어."

다루는 어느새 침착해져 있었다. 60년의 세월을 산 속에 버림받은 채 누워 있던 시신이 더 이상 무섭지 않고 측은하게 느껴졌던 것이다.

'아버지를 부를까?'

다루는 망설이다가 그만두기로 했다. 아버지를 부르면 세미도 오게 될 것이고, 그렇게 되면 일이 좀 복잡해질 것 같았다.

다루는 웅크리고 앉아 케르가 헤쳐놓은 뼈들을 찬찬히 살펴보았다.

두 개의 대퇴골과 발가락뼈 같은 잔뼈들이 검게 변색된 채 나무 부스러기처럼 흩어져 있었다. 다루는 지팡이 삼아 들고 있던 나뭇가지로 조심스럽게 나뭇잎을 걷어내고 땅을 헤집어 보았다. 땅은 밀가루처럼 부드러웠고, 단단하게 다져져 있지도 않아 조금만 힘을 가해도 쑥쑥 들어갔다. 깊이 파지도 않았는데 잠시 후 둥그스름한 것이 나타났다.

가만 보니 두개골이었다. 그것은 흙과 초목의 뿌리에 뒤덮여 있었다. 멈칫했지만 마음을 다잡아먹고 다시 살펴보았다. 그것은 두개골의 뒤통수였다. 그러니까 앞으로 엎어져서 죽은 것 같았다. 뒤통수에는 구멍이 뚫려 있었다. 뒤통수에 총을 맞고 죽은 것 같았다. 모든 것이 좀 더 자세히 보이기 시작했다. 스푼도 보였고 단추 같은 것도 눈에 띄었다. 호루라기와 버클, 안경도 있었고, 좀 떨어진 곳에는 반쯤 남은 철모도 낙엽에 덮여 있었다. 조심스럽게 헤집던 나무 끝에 뭔가 걸리는 게 있었다. 헤집고 보니 작은 비닐 커버였다. 그대로 두려다가 안에 무엇인가 들어있는 것 같아 집어들어 보았다.

흙과 썩은 나뭇잎 속에 묻혀 있었기 때문에 그것은 시커멓게 절어 있었다. 휴지를 꺼내 때를 닦아내자 안에 들어있는 것이 조금씩 보이기 시작했다. 놀랍게도 안에는 사진이 한 장 들어 있었다. 색이 바래 희미했지만 그런대로 사진에 나와 있는 얼굴들은 알아볼 수가 있었다. 모두 세 사람으로 젊은 부부와 갓난아기였다. 여자는 흰 한복 저고리 차림이었고, 남자는 안경을 낀 모습에 군복을 입고 있었다. 남자가 아기를 안고 있었다. 행복해 보이는 사진이다. 어깨의 견장으로 보아 장교 같아 보였다. 밥풀떼기 같은 것이 한 개 달려 있는 것으로 보아 육군 소위쯤 되는 것 같았다.

비닐 커버는 두 겹으로 주머니가 두 개였고, 가운데가 젖혀지게 되어 있었다. 다른 쪽 커버 안에는 사진이 아닌 좀 색 다른 것이 들어 있었다. 손으로 찢어서 끼운 종잇조각이었는데 '화랑'이라는 글자가 선명해 보였다.

다루는 방송에서 들어본 '화랑 담배 연기 속에 사라진 전

우야' 라는 노래 가사가 생각났고, 비닐 커버 안의 그것이 화랑담뱃갑의 앞면이라는 것을 알았다. 화랑이라는 글자 밑에는 별이 크게 그려져 있었고, 별 위에는 새의 날개와 함께 닻이 인쇄되어 있었다.

별은 육군을, 날개와 닻은 공군과 해군을 상징하는 그림 같았다. 육해공군 병사들이 애용하던 화랑 담배, 그 연기 속으로 사라져 간 병사들······.

뭔가 울컥 치미는 것이 있어 다루는 얼른 침을 삼켰다. 별 표 밑에는 이런 글귀가 적혀 있었다.

'국군 전용품이므로 일반인 소지는 엄금함'.

이것으로 사망자는 국군임이 분명해졌다. 비닐 커버를 젖혀 보고서야 그는 왜 그것이 그 안에 들어 있었는지 알 수가 있었다. 찢어낸 담뱃갑 표지 안쪽에는 여러 사람의 이름이 적혀 있었다.

김갑수, 박철암, 김윤배, 염창수, 최효식, 황세발, 엄창식, 최병우, 서상도.

모두 아홉 명이었다.

다루는 손목시계를 보았다. 시간이 많이 흐른 것 같았다. 그는 망설이다가 문득 이름 없이 죽은 국군 소위의 유족을 찾을 수 있을지도 모른다는 생각이 들었다. 그래서 비닐 커버를 배낭 주머니 속에 집어넣었다.

그와 함께 작은 뼛조각 한 개와 안경을 집어 들었다. 안경은 동그란 형태의 뿔테 안경이었는데 렌즈는 하나밖에 남아 있지 않았고 한쪽 귀걸이는 부러져 있었다. 그는 그것들을 조심스럽게 하나하나 휴지에 쌌다.

그런 다음 배낭 안에서 플라스틱 통을 꺼냈다. 그 안에는 식은 밥덩이가 들어 있었다.

다루는 밥덩이를 버리고 유품을 통 안에 넣은 다음 그것을 배낭 안에 집어넣었다. 다루는 그만 가려고 하다가 혹시나 해서 옆으로 조금 이동해서 나무 끝으로 헤집어보았다. 놀랍게도 또 다른 두개골과 뼛조각들이 흙 속에서 모습을 드러냈다. 놀란 그는 더 넓게 파보았다. 그리고 두개골 조각과 뼈가 또 나오자 놀라서 뒤로 물러서고 말았다. 공포감이 엄습했고, 더 이상 손을 대서는 안 된다는 생각이 들었다.

"케르! 가자!"

케르가 없었으면 감히 그곳에 머물러 유골에 손을 대지도 못했을 것이다. 그곳에 여러 구의 유해가 버려져 있다는 사실을 확인한 순간부터 머리 끝이 쭈뼛해지면서 소름이 끼쳐왔다. 정신없이 허둥지둥 걸어오다 말고 그는 문득 생각이 나서 배낭에서 땀에 절어 있는 러닝셔츠를 꺼냈다. 어제 땀이 나서 갈아입고 넣어둔 것이다. 칼로 그것을 여러 갈래로 찢은 다음 주위의 나뭇가지에다 그것들을 단단히 붙들어 맸다.

길로 빠져나오자 마침 위쪽에서 세미와 아버지가 내려오는 것이 보였다. 케르가 반가워서 멍멍 짖으며 그들 쪽으로 뛰어갔다.

"여기 있었구나. 조금만 가면 산장이다. 저기 아래 보이지? 저게 벽소령 산장이야."

아버지의 말은 듣는 둥 마는 둥 하고 다루는 세미가 목에 걸고 있는 디지털 카메라를 그녀의 목에서 빼내려고 했다.

"왜 그래?"

"찍을 게 있어서그래."

"뭘 찍는다는 거야?"

"좀 달란 말이야."

"안 돼!"

"네 카메라니?"

남매가 카메라를 놓고 싸우는 것을 보고 유씨가 그들을 달랬다.

"이렇게 장대한 산을 품에 안고 가면서 그까짓 카메라 하나 가지고 싸우니? 사람은 산처럼 든든하고 커야 해."

그 말에 세미는 못 이기는 척하고 카메라를 다루에게 건네

주었다.

다루는 방금 빠져나온 숲과 그 주변을 여러 컷 찍었다. 그것을 보고 세미가 달려들어 카메라를 낚아챘다.

"그런 걸 뭐하러 찍니? 뭐 볼 게 있다고 그런 걸 찍어?"

"방금 찍은 거 절대 지우면 안 돼? 아주 중요한 거니까 지우지 마. 지우기만 하면 가만 안 둘 거야."

다루가 무서운 얼굴로 경고하자 세미도 표정이 굳어졌다.

"웃기지 마. 메모리가 얼마 안 남아서 쓸데없는 건 지워야 한단 말이야."

"아직 반밖에 안 왔는데 벌써 다 찼어? 누나가 아무거나 닥치는 대로 찍으니까 그렇지. 아무튼 방금 찍은 거 지우면 안 돼! 절대 안 돼. 알았지?"

주먹을 쥐고 엄포를 놓자 세미도 주먹을 흔들어 보이고는 재빨리 아버지를 따라갔다.

벽소령(碧宵嶺) 달빛 • • • 🐺

벽소령은 지리산 주능선의 한가운데로, 양쪽에서 내려오는 능선이 가장 낮은 곳에서 영을 이루며 만나는 곳이다. 주위는 꽤 넓은 평지로 되어 있고, 남쪽은 화개골로 이어지고 북쪽으로 내려가면 마천골에 닿는다. 화개골에서 마천골까지는 38㎞. 아주 먼 길이다. 두 길이 마주치는 그 고갯길 위에 산장이 서 있었다. 아주 오래 전에는 그곳에 아무 것도 없었다. 그 후 지리산 관리공단에서 나무로 산장을 지었는데 120명 정도는 수용할 수 있을 정도로 규모가 컸다. 산장은 부식을 막기 위해 그랬는지는 몰라도 온통 검게 칠해져 있었다.

"아빠, 벽소령이라는 말이 무슨 말이에요?"

"푸른 하늘 아래 있는 령이라는 뜻이야. 령은 높은 고개를 말하는데 그것 하나만 부를 때는 보통 영이라고 해. 그러니까 푸른 하늘 아래 있는 높은 고개라는 뜻이지. 벽공이라는 말이 있는데 벽소하고 같은 뜻이야."

유씨는 높이 떠있는 달을 가리켰다. 둥근 달은 희고 맑아서 푸르스름한 서기를 대지에 뿌리고 있는 것 같았다.

"벽소령에서 보는 달이 제일 아름답단다."

"너무나 아름다워요. 티 하나 없이 맑아요."

카메라로 달을 쳐다보면서 세미가 말했다.

"여기서 보는 달은 너무나 깨끗하고 아름다워 푸르스름하게 보여. 그래서 여길 벽소령이라고 한 거야. 벽소령 달은 지리산 10경 가운데 하나란다."

저녁 식사를 하고 난 그들은 외진 곳에 돗자리를 펴고 앉아있었다. 취사장 부근은 사람들이 많아 시끌벅적했다.

다루는 유골을 발견한 쪽을 바라보았다. 벽소령 산장에서 4, 5백 미터 거리는 될 것 같았다. 그곳은 숲이 울창해서 검게 보였다.

"아빠, 여기서도 전쟁 때 전투가 있었어요?"

분위기를 깨는 다루의 엉뚱한 물음에 유씨는 가만히 한숨을 내쉬었다.

"지금은 이렇게 달빛이 아름답고 평화롭지만 여기야말로 처절한 싸움터였다. 국군 토벌대와 빨치산이 이 일대에서 치열한 전투를 벌였고, 저 아래 대성골은 최후 격전지였지."

아버지가 아까 유골이 발견된 숲 아래쪽을 가리키는 것을 보고 다루는 멈칫했다.

"이 아래 남쪽으로 쭉 내려가면 마지막에 만나는 골짜기가 화개골이야. 그전에 상류에 있는 골짜기가 빗점골이고, 그 물은 내려가다가 왼쪽 대성골에서 내려오는 물과 만나 화개로 빠지지. 그 대성골에서 최후의 격전이 벌어졌는데 그 전투에서 지리산 빨치산 주력이 괴멸되면서 그때부터 빨치산들은 공세에서 수세로 몰리며 뿔뿔이 흩어져 도망 다니기에 바빴지. 빗점골에는 빨치산 대장이었던 이현상의 아지트가 있었는데, 결국 그 사람은 거기서 사살됐어."

"이현상이라고요?"

다루가 호기심을 보이며 묻자 유씨는 고개를 흔들었다.

"그런 건 몰라도 돼."

"아빠, 빨치산, 어떻게 생겼어요? 아빠 봤어요?"

"난 전쟁이 끝나고도 한참 후에 태어났기 때문에 빨치산을 보지는 못했어. 그냥 이야기만 들었을 뿐이야. 생긴 건… 빨치산이라고 해서 특별하게 생긴 건 아니겠지. 같은 민족이

니까 우리하고 똑같이 생겼는데, 산에 숨어서 지내니까 옷도
못 갈아입고, 먹을 거 제대로 못 먹고, 아파도 병원에도 못 가
고, 면도도 못하고, 이발도 못했을 거니까 몰골이 그야말로
비참했겠지."

"거지나 다름없었겠네요?"

"그랬을 테지."

"너무 불쌍하다."

세미의 중얼거림에 유씨는 가만히 있었다. 다루도 한 마디
하려다가 잠자코 유골들이 있는 쪽을 바라보았다.

그날 밤 다루는 유골을 발견한 충격과 그것을 혼자 비밀로
간직하고 있는 데서 오는 부담감으로 거의 잠을 못 이루며 새
벽녘까지 뒤척거렸다. 그런 것 말고도 케르 때문에 걱정이 돼
서 그는 자주 밖으로 나가보았다. 산장 안에는 개 출입이 금
지되어 있었기 때문에 할 수 없이 케르 혼자 밖에서 자야 했
는데, 그러다 보니 케르가 걱정이 돼서 마음 편하게 잠을 잘
수가 없었다.

케르는 산장 건물 뒤쪽 후미진 곳에 얌전히 앉아 있었다.
밤중에 자다가 나가보면 반가워서 고리를 흔들며 그에게 달
려들곤 했지만 그가 머리를 쓰다듬어 주면서 타이르면 금방

얌전해지면서 배를 깔고 엎드렸다.

그리고 다루가 가면 짖거나 따라오지 않고 걱정하지 말라는 듯 꼬리만 살랑살랑 흔들 뿐이었다.

다루는 아버지에게 유골을 발견한 사실을 숨기고 있는 것이 잘못된 것이라는 것은 알고 있었다.

하지만 사실대로 말씀드리고 유골 조각과 유품을 보이면 펄쩍 뛰실 것이 분명했다. 그것을 모른 채 그대로 덮어 두지도 않을 것이고, 그렇다고 어린 아들한테 그것을 처리하게 내버려 두지도 않을 것이다. 그렇게 되면 결국 아버지가 알아서 처리해야 하는데 그것은 바쁜 아버지에게 쓸데없이 부담만 주는 일이 된다.

아무튼 그것이 아버지한테 넘어가면 일이 복잡해질 것 같았다. 그는 혼자서 조용히 그것을 처리하고 싶었다. 그리고 혼자서도 그것을 충분히 처리할 수 있을 것 같았다.

고사목(枯死木)을 지나면서 ・ ・ ・ 🐺

이튿날은 바람이 불고 검은 구름이 끊임없이 북쪽으로 몰려가고 있었다.

날씨가 흉흉해지는 것 같아 유씨는 걱정이 되었다. 일기예보를 알아보고 종주를 시작했지만 지리산의 날씨는 변덕이 심해 어떻게 변할지 알 수가 없었다.

출발하기 전에 그는 두 가지 가운데 한 가지를 결정해야 했다. 그것은 오늘 밤의 숙박 장소 문제였다. 오늘 밤에 숙박할 수 있는 곳은 세석 산장과 장터목 산장 두 곳이다.

그는 어떻게 될지 몰라 두 곳을 다 예약해 두었었다. 그 가운데 어느 한 곳을 선정하는 것이 쉽지가 않았다.

세석 산장을 택할 경우 네 시간 정도면 그곳에 도착할 수 있기 때문에 충분히 잠을 자고 나서 아침 식사를 좀 늦게 먹고 출발해도 오후 이른 시간에 도착할 수 있다.

하지만 다음 날 천왕봉까지의 거리가 멀기 때문에 일출을 보는 것은 포기해야 한다. 세석 산장을 버리고 장터목 산장까지 가서 묵는다면 천왕봉이 가깝기 때문에 다음 날 새벽 천왕봉에 올라 해 뜨는 것을 볼 수가 있다. 물론 천왕봉 일출은 날씨가 좋아야 볼 수 있지만.

문제는 벽소령에서 장터목까지 거리가 너무 멀다는 데 있었다.

물론 그 혼자라면 충분히 갈 수 있지만 아이들한테는 무리이기 때문에 그는 망설이지 않을 수 없었다.

특히 세미는 많이 지쳐 있었고, 그런 아이에게 하루 종일, 적어도 여덟 시간 이상을 걷게 한다는 것은 잔인한 짓일 것 같았다.

그래서 그는 어젯밤 그 문제를 놓고 아이들 의견을 물어보았다. 그의 설명을 듣고 난 다루는 두 말 않고 장터목까지 가자고 했다. 힘들더라도 장터목 산장까지 가서 잔 다음 이튿날 지리산 일출을 봐야 한다고 주장했다.

하지만 세미는 벌써부터 힘이 빠진다는 듯 맥없이 고개를 흔들었다.

"난 자신 없어."

다루는 눈을 치켜떴다.

"여기까지 와서 일출을 안 보겠다는 거야?"

"너나 실컷 봐라. 난 흥미 없어."

"어이구, 미치겠네. 아빠, 누나 좀 어떻게 해보세요."

"글쎄 말이다. 누나가 힘들어하면 어쩔 수 없지 않겠니? 네가 양보해야지."

"말도 안 돼요. 그럼 포기하시겠다는 거예요?"

"글쎄 말이다."

아버지가 애매한 태도를 취하자 다루는 안달이 났다.

"아빠, 어떡하실 거예요? 당연히 일출을 봐야 하는 거 아니에요? 그거 안 보고 내려가면 전 평생 후회할 거예요. 지리산 정상에서 태양이 떠오르는 장면을 본다는 것, 생각만 해도 가슴 벅차요."

유씨는 미소를 지으면서 고개를 끄덕였다.

"사실 그래. 지리산 일출은 지리산 10경 중의 하나야. 그래서 천왕봉 가는 길은 새벽이면 일출을 보려는 사람들로 장사진을 이루는데, 특히 매년 1월 1일은 해맞이하려는 사람들로 전국에서 사람들이 몰려들기 때문에 지리산 정상은 발 디

딜 틈도 없단다.”

“춥지 않아요?”

세미가 물었다.

“최정상인 데다 한겨울이라 몹시 춥지. 하지만 아무리 춥다 해도 일출을 보려는 사람들의 열망을 꺾을 수는 없지.”

“지리산 일출이 그렇게 대단해요?”

세미가 조금씩 흥미를 보이며 물었다.

“일출은 어디서나 볼 수 있지. 건물 위에서도 볼 수 있고 산 위에서도, 바다에서도 볼 수 있고. 하지만 지리산 일출은 우리 국토의 제일 높은 곳에서 보는 일출이기 때문에 다른 곳에서 보는 것하고는 비교가 안 돼. 그야말로 장엄하고 아름답고 신비스럽지.”

잠시 침묵이 흘렀다. 세미의 얼굴에 망설이는 표정이 나타나고 있었다.

“너희가 태어나기 전이었던가, 네 엄마하고도 한 번 1월 1일 정상에 올라 해 뜨는 걸 봤지.”

그 말에 다루와 세미의 눈빛이 금방 달라졌다.

“정말이에요?”

세미의 목소리가 가늘게 떨리는 것 같았다.

“음, 정말이야. 1월 1일 일출을 보려고 장터목 산장에서 하룻밤 자고 다음 날 새벽에 천왕봉에 올라갔지."

"일출을 보셨어요?"

"응, 봤어. 사실 지리산 정상 부근은 구름이 자주 끼기 때문에 일출을 볼 수 있는 날이 별로 많지가 않아."

"엄마가 뭐라고 하셨어요?"

세미가 꼬치꼬치 캐묻는 바람에 유씨는 왠지 가슴이 아려 왔다.

"평생 잊지 못할 감동이었다고 말씀하셨지."

그건 정말이었다. 그 말에 아이들은 한동안 가만히 있었다.

한참 지나 세미가 결심한 듯 입을 열었다.

"일출 볼래요."

아무리 힘들어도 꼭 볼래요. 세미는 다음 말은 하지 않고 가슴에 담아두었다. 어머니가 보셨다면 나도 봐야 한다고 그녀는 생각했다.

북쪽으로 몰려가는 검은 구름이 비를 몰고 올까 봐 걱정이 돼서 유씨는 자주 하늘을 올려다보았다. 걱정했던 세미는 의외로 잘 걷고 있었다. 아마 엄마 이야기에 단단히 생각을 고쳐먹은 것 같았다.

그는 아이들에게 엄마 이야기를 잘 하지 않는 편이었다.

아내를 생각하면 가슴이 아팠고, 아이들 역시 슬퍼할까 봐 조심스러웠던 것이다.

세석 산장 가까이 갔을 때 우려하던 날씨가 마침내 비를 뿌리기 시작했다.

비는 바람을 타고 거세게 몰아쳤다.

유씨는 아이들을 재촉해서 산장 쪽으로 서둘러 갔지만 그곳에 도착했을 때는 모두가 비 맞은 생쥐처럼 흠뻑 젖어 있었다. 휘몰아치는 비바람에 비옷도 소용이 없었다.

"어떡하죠?"

그가 이러지도 저러지도 못한 채 취사장에서 비를 피하고 있는데 다루가 다가와 물었다.

그도 적이 걱정이 되는 모양이다.

"글쎄, 조금 기다려 보고, 비가 계속 올 것 같으면 여기서 잘 수밖에 없겠지. 좀 더 기다려 봐."

기다리는 동안 그들은 젖은 옷을 벗어서 물기를 짜냈다.

아직 점심 먹기에는 좀 이른 시간이었지만 유씨는 점심 준비를 했다.

점심 메뉴는 라면에 식은 밥 말아 먹는 정도였지만 아이들은 순식간에 그것을 먹어치웠다.

다루는 케르에게 사료와 건빵 조금, 그리고 참외 한 개를 주었다. 케르는 과일을 특히 좋아해서 주는 족족 우적우적 씹어 먹었다.

세석 산장은 세석 평전이 한눈에 들어오는 한쪽에 목조로 지어져 있었다. 수십만 평의 드넓은 평원은 키 작은 잡목과 잡초로 우거져 있었다.

"봄이면 여기가 온통 철쭉꽃으로 장관을 이룬다. 그래서 전에는 여기서 철쭉제도 열리곤 했는데, 사람들이 철쭉을 보려고 너무 많이 몰려들고, 여기다 텐트를 치는 바람에 훼손이 아주 심했지. 그래서 요즘은 철쭉제도 금지됐고 텐트도 아무데나 칠 수가 없어."

"아빠, 비가 그쳤어요!"

아버지의 설명이 끝나기 무섭게 다루가 밖을 가리켰다. 거짓말처럼 비바람은 그쳐 있었고, 남쪽 하늘에는 어느새 구름이 걷히고 파란 하늘이 드러나 있었다.

"신기하구나."

유씨는 서둘러 짐을 챙겼다.

세석 평전에서 날씨 덕분에 잠시 휴식을 취한 뒤 장터목을 향해 능선을 걸어가는 동안 구름은 모두 걷히고 눈부신 햇빛이 쨍쨍 내리쬐기 시작했다.

능선 좌우에는 죽은 나무들이 띄엄띄엄 서 있었다. 그것들은 키가 커서 멀리서도 잘 보였다.

"고사목이다."

유씨가 죽은 나무들을 가리키며 말했다. 그것들은 흰 페인트를 칠해 놓은 듯 하얗게 죽어 있었고, 가지들이 그대로 남아 있어서 마치 팔을 벌리고 있는 것 같았다. 죽어서도 온갖 풍상 속에 고고하게 서 있는 모습이 왠지 고독하면서도 아름다워 보인다고 다루는 생각했다.

"아빠, 저 나무들은 왜 저렇게 죽었어요?"

"전쟁을 겪으면서 산이 많이 불타고 훼손되었지. 그 뒤에도 산을 돌보지 않고 방치했기 때문에 나무가 자꾸만 죽은 거야."

"그럼 저 고사목들은 수십 년 된 건가요?"

"그렇지. 죽은 나무도 백 년은 간단다."

"그렇구나."

그들이 지친 모습으로 장터목 산장에 도착한 것은 날이 어둑어둑해질 때였다. 산장 안은 이미 등산객들로 만원을 이루고 있었다. 하지만 예약을 해두었기 때문에 관리인은 그들에게 잠자리를 마련해 주었다. 세미는 배낭을 내려놓자마자 저녁 식사도 거른 채 자리에 쓰러져 금방 잠이 들었다. 유씨는 걱정스럽게 쳐다보았지만 휴식이 절대 필요한 만큼 굳이 세미를 깨우지는 않았다.

일출(日出) ··· 🐾

　유씨는 날이 새기도 전에 일어나 아이들에게 아침 식사로 간단히 토스트와 과일을 먹인 다음 산장을 빠져나왔다. 밖은 아직 어둠인데 사람들은 벌써부터 출발을 서두르고 있었다. 이미 천왕봉을 향해 떠난 사람들도 상당수 있었다. 다른 코스를 통해 올라가고 있는 사람들까지 계산에 넣으면 일출을 보려는 사람 수는 꽤 많을 것 같았다.

　일출, 그것을 보려는 사람들의 집념에 자신도 멋모르고 휩쓸리는 것 같았지만 다루는 일단 두 눈으로 그것을 확인해 보고 싶었다.

　세미도 어제저녁 파김치가 되어 쓰러져 자던 모습은 간데 없고 초롱초롱한 눈으로 줄지어 걸어가는 사람들을 신기한 듯 쳐다보고 있었다.

이윽고 멀리 정상이 보이기 시작했을 때 날이 뿌옇게 밝아 오고 있었다. 정상으로 가는 길은 가팔랐지만 해 뜨는 것을 보려는 생각 때문에 모두가 기를 쓰고 올라가고 있었다. 하늘 은 구름 한 점 없이 맑았고, 바람도 불지 않는 것이 무척 무더 운 날씨가 될 것 같았다.

해가 아직 뜨지도 않았는데 땀을 뻘뻘 흘리며 마침내 정상 에 도착했을 때 정상을 알리는 길쭉한 바위 주위에는 이미 사 람들이 잔뜩 몰려 있어서 그 틈을 비집고 올라설 수가 없었 다. 사람들은 모두 동쪽을 향해 서 있었다. 바위 뒷면에는 다 음과 같은 글귀가 새겨져 있었다.

韓國人의 氣像, 여기서 發源되다.

"한국인의 기상, 여기서 발원되다."

다루가 소리 내어 읽자 중년의 남자가 놀란 듯이 그를 쳐 다보았다.

"너 초등학생이니, 중학생이니?"

"초등학생인데요."

세미가 다루를 대신해서 냉큼 말했다.

"몇 학년?"

"6학년이에요."

"그런데 저런 어려운 한자를 다 아니?"

"이 앤 모르는 한자 없어요."

세미는 동생이 자랑스러운 모양이다. 남자는 신통한 듯 다
루의 요모조모를 살펴보다가 앞쪽으로 돌아갔다.

유씨는 아이들과 함께 표지석 앞으로 돌아갔다. 사진 찍는
사람들을 위해 그 앞은 가리지 않고 틔워져 있었다.

표지석 위에는 '智異山 天王峰 1,915m'라고 새겨져 있었
다. 그 주변은 오랜 세월을 두고 많은 사람이 밟아댄 탓으로
흙과 돌부리만 흉터처럼 앙상하게 드러나 있었다.

다루네는 조금 아래쪽 넓적한 바위 위에 가서 나란히 서서
동쪽 하늘을 바라보았다.

동쪽 하늘에는 서서히 붉은 기운이 감돌고 있었다. 사방을
둘러보아도 그들이 서 있는 곳보다 높은 것은 눈에 들어오지
않는다.

눈 아래 보이는 것은 온통 구름의 바다였다. 구름은 파도
처럼 넘실거리는 것 같았고, 어쩌다 머리를 내밀고 있는 봉우
리들은 마치 바다에 떠 있는 섬 같았다.

동쪽 하늘은 이제 붉다 못해 타는 듯이 화염으로 이글거리는 것 같았다.

그러다가 빨간 불덩어리 같은 것이 조금씩 올라오기 시작했고, 그 주위의 붉은 기운이 사라지면서 황금빛이 찾아들더니 불덩어리는 태양으로 변하면서 눈부신 빛을 내뿜기 시작했다. 우주의 그 장엄하고 아름다운 변화에 다루는 형언할 수 없는 감동을 느끼면서 어린 나이임에도 인간 존재의 나약함과 그 부질없음을 생각하지 않을 수 없었다.

세상이 갑자기 환해지면서 옅은 구름 아래 잠겨있던 것들이 그 모습을 드러내고 있었다. 겹겹이 이어지는 산과 지옥처럼 떨어지는 계곡, 어디론가 급히 날아가는 새 떼가 보였고, 조금 후에는 모든 것이 더 명료하게 보이면서 만물이 숨 쉬고 생동하는 기운이 느껴졌다.

높은 곳에서 보는 지상은 아름다웠다. '야호!' 하는 소리가 여기저기서 들려왔다.

"세미야, 어떠니? 잘 왔지?"

아버지가 어깨를 감싸 안으면서 묻자 세미는 고개를 끄덕였다. 그녀의 두 눈은 눈물로 반짝이고 있었다.

"이걸 못 봤으면 두고두고 후회할 뻔했어요. 아빠, 감사해요!"

세미는 아버지의 품에 와락 안겼다. 그동안의 고생이 감격으로 변하는 순간이었다.

"너희는 큰일을 해냈어! 지리산을 종주하다니, 너흰, 정말 대단해!"

아버지의 칭찬에 다루는 입을 쩍 벌리고 웃었다.

"별것 아닌데요, 뭐. 내년에 또 와요. 네?"

"그래, 좋아. 별일 없으면 또 오자."

그들이 정상까지 오는 데는 3박 4일이 걸린 셈이다.

다루는 케르를 껴안고 입에다 손을 갖다 댄 다음 '야호!' 하고 소리를 질렀다.

"케르야! 우린 정상을 정복했어! 기뻐해야지!"

케르는 그 기쁨을 아는지 꼬리를 세차게 흔들다가 멍 하고 짖었다.

정상을 가리키는 표지석 앞에서 기념사진을 찍은 다음 그들은 산을 내려가기 시작했다. 내려가는 길이지만 경사가 급한 데다 시간이 오래 걸려 하산 역시 쉬운 일은 아니었다.

세 시간 남짓 걸린 끝에 마침내 중산리 계곡에 이르자 다루와 세미는 옷을 입은 채로 계곡 물속으로 첨벙 뛰어들었다. 3박 4일의 종주가 끝나는 순간을 그들은 그렇게 장식했다. 다루는 모든 피로가 말끔히 씻겨 나가면서 새로운 자신감이 충

만해 오는 것을 느꼈다. 아무리 어려운 일이 닥쳐와도 그는
결코 좌절하지 않고 극복할 수 있을 것 같았다. 케르도 물 속
에 뛰어들어 정신없이 첨벙대고 있었다.

서중보 소위 • • • 🐕

지리산 종주를 끝내고 구례 쪽으로 돌아온 다루네는 캠핑카를 타고 섬진강가로 가서 물놀이를 하면서 하루를 보냈다. 강가에서 캠핑을 하기는 처음이기 때문에 아이들은 고운 모래밭을 맨발로 뛰어다니면서 즐거워했다.

다음 날 급한 전화를 받은 유씨는 아이들에게 사정을 이야기한 다음 차를 몰고 상경했다.

가는 동안 그는 아이들에게 당분간 너희하고 떨어져 지내야 할 것 같다고 말했다.

"대전에 큰 공사가 있어서 그쪽에 가봐야 해. 서너 달 걸릴 것 같은데 자주 올 수는 없고 일주일에 한 번씩은 올라올 수 있을 거야."

떠들고 있던 아이들은 갑자기 잠잠해졌다. 한 번도 그런 일이 없었기 때문에 아버지하고 떨어져 지낸다는 것이 실감이 안 나는 것 같았다.

유씨는 서너 달이라고 했지만 기간이 얼마가 될지 그 자신도 정확히 알 수가 없었다.

"너희끼리 있을 수 있겠니? 너희가 싫다면 안 가도 돼. 하지만 안 가면 좀 아까워. 보수를 많이 받기로 했거든."

"그럼 가세요. 저흰 걱정하지 말고 가세요."

다루가 씩씩하게 말했다.

"그 대신 휴대폰 사주셔야 해요."

세미가 말했다.

"아, 휴대폰. 너희하고 연락하려면 그게 하나 있어야겠구나."

휴대폰은 유씨 혼자만 가지고 있었고, 다루와 세미는 없었다. 어려운 형편에 아이들한테까지 그런 것을 사용하게 허락할 수는 없었던 것이다.

하지만 사정이 사정인 만큼 이제 하나 정도는 구입해야 할 것 같았다.

그는 큰 건설회사에 매여 있는 몸은 아니었지만 주로 그쪽

일을 많이 했기 때문에 그쪽에서 부탁하는 일은 특별한 일이 없는 한 들어주고 있었다.

그가 관계하고 있는 S건설은 전에는 사람을 쓸 때 용역 회사를 통해 인력을 조달했지만 그러다 보니 인건비의 상당 부분이 용역 회사로 넘어가고 실제로 인부들 손에 떨어지는 돈은 얼마 안 되는 것을 알고는 그 폐단을 시정하기 위해 직접 용역 회사 형태의 관리팀을 만들어 인부들을 관리하고 있었는데, 그것이 반응이 좋아 너도나도 다투어 S건설 일을 맡으려고 했다.

그런데 이번에 유씨가 차출되어 투입되는 곳은 난공사로 알려진 다리 공사였다. S건설은 이번에 대전 지방에 고속도로를 건설하면서 계곡을 가로지르는 다리를 놓아야 하는데 그 공사가 여간 어려운 게 아니었다. 다리 높이가 자그마치 100m가 넘기 때문에 위험하기까지 했다. 그래서 위험수당까지 합쳐 보수는 보통 때보다 배 이상이나 높았다. 유씨는 어떻게든 돈을 벌어야 했기 때문에 그 일을 맡으려고 한 것이다. 그 공사에 투입되면 밤업소에 나가지 않을 생각이었다. 밤업소는 손님이 별로 없어 썰렁했고, 연주비도 차일피일 미루면서 잘 주지 않았다. 그것도 그것이지만 그는 밤업소까지 소화하기에는 너무나 피곤했다.

유씨는 내일 출발해야 하기 때문에 서울에 도착하자마자 맨 먼저 휴대폰부터 하나 구입했다. 휴대폰에 대해서는 전화를 거는 것과 받는 것 외에는 아는 것이 없기 때문에 아이들이 알아서 고르게 했다.

아이들은 휴대폰이 없었지만 친구들 휴대폰을 보고 어떤 것이 좋은지, 그리고 어떻게 다루는지 그 작동법까지도 잘 알고 있었다.

휴대폰을 사 가지고 나오면서 유씨는 남매가 그것을 서로 가지려고 다툴 것 같아 걱정했지만 다루 쪽에서 의외로 선선히 물러서는 것을 보고 안심이 되었다.

다루는 그런 것 가지고 다니면 부담만 된다고 하면서 자기는 필요할 때만 사용하면 된다고 했고, 그 말에 세미는 기뻐서 어쩔 줄을 몰라 했다.

이튿날 유씨는 아이들을 한 번씩 안아주고 나서 일찍 캠핑카를 떠났다.

아버지의 연약한 모습과 남루한 뒷모습을 보면서 다루는 문득 슬픔이 울컥 치미는 것을 느꼈다. 아버지는 몸도 약하면서 과연 언제까지 힘든 노동일을 하셔야 할까. 엄마가 없어 아버지의 뒷모습은 더욱 외로워 보였다. 아버지는 새엄마 없

이 계속 혼자 사실 것인가. 내가 빨리 돈을 벌어서 아버지를
편하게 해드려야 할 텐데…….

그는 문득 생각이 나서 산에서 주워온 것들을 꺼내 보았
다. 뼛조각은 발가락뼈 같았지만 검게 변색된 데다 금방이라
도 바스러질 것 같았기 때문에 함부로 만지작거리며 살펴볼
수가 없었다. 거기에는 흙과 풀뿌리 같은 것들이 얽혀 있었지
만 굳이 털어낼 필요가 없을 것 같아 그대로 두었다.

그때 거친 숨소리가 들려 얼른 고개를 돌려보니 밖에 나갔
던 케르가 돌아와 있었다.

그는 다루 곁에 다가앉아 빤히 그를 올려다보고 있었다.
다루는 케르의 머리를 쓰다듬어 주었다.

"넌 아주 큰 일을 했어. 아주 의미있는 일을 했어. 이제부
터 난 이 뼈의 주인공이 누구인지 알아볼 거야."

그는 비닐 커버를 꺼내 보았다. 사진 속의 인물들 모습은
희미했지만 그런대로 알아볼 수는 있었다. 안경을 낀 젊은 소
위는 잘 생긴 얼굴이었다.

그 정도나마 남아 있었던 것은 비닐 커버 안에 보관되어
있었기 때문인 것 같았다. 커버 뒤에 끼어있는 화랑 담배 표
지와 그 뒷면에 적혀 있는 사람들 이름을 살펴본 후 마지막으
로 부서진 원형 안경을 꺼냈다. 녹이 슬대로 슨 안경은 앙상

하게 형태만 남아있어 금방이라도 부러질 것만 같았다.

그는 확대경으로 소위의 사진을 확대해 보았다. 소위가 쓰고 있는 안경과 앞에 놓여 있는 안경이 비슷해 보였다. 그는 플라스틱 통 안에 부드러운 휴지를 여러 겹으로 깔았다. 유품들 역시 하나하나 휴지로 여러 겹 싼 다음 통 안에 조심스럽게 집어넣었다. 그것들이 흔들리지 않게 빈 공간에 휴지를 채워넣고 나서 이번에는 플라스틱 통을 그보다 큰 종이 상자 안에 넣었다. 통과 상자 사이에는 흔들리지 않게 신문지를 접어서 넣었다. 마지막으로 그는 간단하게 편지를 한 장 써서 봉투에 넣은 다음 상자 안에 올려놓았다.

편지 내용은 다음과 같았다.

지리산에서 우연히 발견했습니다. 나라를 위해 싸우다가 돌아가신 분 같으니 유족을 찾아 전해주시기 바랍니다.

서울시 H초등학교 6학년 3반.

유다루 올림.

일간신문을 보고 있는 그는 가끔씩 군에서 전쟁 때 사망한 전사자 유해를 발굴하고 있는 기사를 본 적이 있었다. 그는 컴퓨터를 켜고 인터넷에 들어가 관련 기관을 찾아보았다. 전사자 유해를 발굴하고 있는 기관은 금방 찾을 수가 있었다.
그는 종이 상자를 봉한 다음 상자 위에다 주소와 함께 '국방
부 유해 발굴 감식단 귀하'라고 썼다. 이렇게 정리가 된 이상
머뭇거려야 할 이유가 없었기 때문에 그는 우체국으로 달려
가 등기우편으로 상자를 부쳤다.

그로부터 일 주일쯤 지난 어느 날 서문구 회장이 막 간부
회의를 끝내고 회장실로 돌아오자 비서실장이 조용히 따라
들어왔다.

무엇인가 할 말이 있는 듯 머뭇거리는 그를 보고 서 회장
은 저고리를 벗어 옷걸이에 걸면서 물었다.

"뭔가?"

"조금 전에 국방부에서 전화가 왔는데 유해 감식단에서
어르신 유해를 찾았다는 연락이 왔습니다."

"뭐라고?!"

서 회장은 자리에 앉으려다 말고 두 눈을 크게 떴다.

"그게 정말이야?!"

안색이 창백해지면서 얼굴 위로 경련이 스쳐갔다.

"사실인 것 같습니다. 발굴단장이 직접 말씀드리겠다고
지금 이리로 오고 있습니다."

"도착하는 대로 들여보내."

어머님이 돌아가신 지 10여 일밖에 안 돼 아직 비통한 감정을 추스르지도 못하고 있는데 이 무슨 날벼락이란 말인가! 어머님이 돌아가시기 전에 이런 소식이 올 것이지 왜 하필 지금 나타난단 말인가! 그가 안절부절못하고 있을 때 노크 소리가 들려왔다.

비서실장의 안내를 받고 들어온 사람은 중키에 육중한 몸집을 가진 육군 대령이었다. 그 뒤에는 중위 한 명이 보자기에 싼 상자 같은 것을 들고 있었다. 대령은 차렷 자세를 취하더니 거수경례를 했다.

"국방부 유해 발굴 감식단 단장 유병찬 대령입니다!"

"어서 오십시오. 그렇지 않아도 기다리고 있었습니다."

손님들이 자리에 앉자 여비서가 차를 내왔고, 유 대령은 차를 마시기 전에 용건부터 이야기했다.

"춘부장이신 서중보 소위의 유해를 찾았습니다."

무거운 침묵이 잠시 흐른 뒤 서 회장이 떨리는 목소리로 물었다.

"유해는 어디 있습니까?"

"지리산에 계십니다. 아직 발굴은 못했지만 서중보 소위가 틀림없습니다."

대령은 몹시 흥분하고 있었다. 그도 그럴 것이, 재벌 회사의 회장 앞에서 그가 감격스러운 일을 직접 알려주게 되었으니 흥분한 것도 무리는 아니었다.

"아직 발굴도 안 했다면서 어떻게 틀림없다고 장담할 수 있나요?"

서 회장은 미심쩍은 눈으로 대령을 쳐다보았다.

"유전자 감식 결과 서중보 소위가 틀림없는 것이 확인됐습니다."

전쟁 중에 실종된 국군 실종자 수는 자그마치 13만 명. 서중보 소위도 그 가운데 한 명이었다. 한국 정부는 그들의 유해를 50년이 지나도록 방치하고 있다가 2,000년대에 들어와서야 국방부에 유해 발굴 감식단을 설치하고 본격적으로 전국 산야에 묻혀 있는 이름 없는 국군 유해를 발굴하기 시작했다.

유해 발굴과 함께 중요한 것은 신원을 확인하는 일이었다. 거의 모든 유해가 50년 이상 땅속에 버려져 있었기 때문에 육안으로 확인할 수 있는 증거물은 대부분 썩어 없어졌고, 그래서 필요한 것이 과학적인 확인 방법이었다. 발굴단은 유전자 감식을 통한 신원 확인 작업을 통해 실종자의 신원을 하나하나 찾아 나갔다.

시간이 오래 걸리고 확인 작업이 쉽지 않은 것이 흠이긴 하지만 단 한 명이라도 유족을 찾아준다는 것은 그 의미가 아주 깊은 일이었다.

그런데 유전자 감식을 위해 반드시 필요한 것이 유족들의 혈액이었다. 유족들의 혈액을 채취해서 거기서 유전자 정보를 알아내 보관하고 있다가 새로 발굴된 유해의 유전자 정보와 비교해서 두 유전자가 일치하면 그것으로 신원 확인이 되는 것이다.

그래서 가능한 한 유족의 유전자를 많이 확보해 두는 것이 급선무이지만, 유족들을 찾는 것도 쉽지가 않고 또 유족들의 비협조로 지금까지 발굴단이 확보한 유가족의 유전자 검사용 혈액 샘플은 7,000개도 채 안 된다.

발굴단이 지금까지 발굴한 유해는 3,500구 정도 되지만 유전자 감식을 통한 신원 확인은 120명 정도. 그 안에 서중보 소위가 포함되어 있었다.

서 회장은 수년 전 발굴단이 생기자마자 아버지의 유해를 찾기 위해 자진해서 자신의 혈액 표본을 제공했었다.

"유전자를 감식하려면 유골이 있어야 하는데 그것도 없이 어떻게 확인을 했다는 겁니까?"

서 회장의 얼굴에서 의혹이 가시지 않자 유 대령은 기다렸다는 듯이 중위에게 고갯짓을 했다.

"다행히 유골 일부를 확보할 수가 있었습니다. 그밖에 유품도 있습니다. 한번 확인해 보십시오."

중위는 흰 보자기를 푼 다음 옻칠이 된 고급스러워 보이는 나무 상자를 서 회장 앞에 조심스럽게 내려놓고 나서 뚜껑을 열었다. 안에는 흰색 한지가 덮여 있었다.

서 회장은 그것을 들어내고 안을 들여다보았다. 상자 바닥에는 노란색 비단이 깔려 있고 상자 안은 나무로 칸이 질러져 있었다. 칸은 모두 세 개였고, 각 칸에는 뼛조각과 비닐 커버, 그리고 부서진 안경이 들어 있었다.

서 회장은 정신없이 그것들을 들여다보다가 맨 먼저 안경을 집어 들었다. 떨리는 손으로 그것을 이리저리 살펴보다가 두 번째로 비닐 커버를 집어 들었다. 처음에는 흐려서 그 안에 들어 있는 것을 미처 알아보지 못하다가 가까이 들여다보고는, 그 안에 사진이 들어 있는 것을 알고 한참 동안 뚫어지게 그것을 응시했다.

"이럴 수가……."

중얼거리던 그는 어깨를 떨면서 오열하기 시작했다.

"어떻게 이럴 수가……."

그는 사진을 들여다보면서 흐느꼈다.

"집에 똑같은 사진이 있어요. 두 장을 뽑아서 그중 한 장

234

을 가지고 다니신 모양이에요."

"그럼 가운데 아기가 회장님……?"

"맞아요. 백일 때 휴가 나와서 날 안아주고 사진 한번 찍고 떠나셨어요. 난 너무 어려서 아버님 얼굴 기억도 못해요. 아무 것도 모르는데 어머님이 이야기를 해주셔서 대강 알고 있었지요. 어머님은 평생 아버님만 기다리시다가 며칠 전에 돌아가셨는데… 어떻게 이럴 수가……."

그의 두 눈에서는 걷잡을 수 없이 눈물이 흘러내렸다. 그는 안경을 다시 집어 들었다.

"이 안경, 사진에 끼고 있는 안경하고 같아요. 보세요. 똑같지 않습니까?"

"네, 확인해 봤습니다."

대령이 말했다.

마지막으로 서 회장은 뼛조각을 집어 들었다. 두 손을 겹쳐 들고 그 위에 뼛조각을 올려놓고 그것을 뚫어지게 들여다보는 동안 다른 사람들은 숨을 죽인 채 그를 지켜보고 있었다. 그는 심하게 손을 떨고 있었다.

"이게… 어느 부분이죠?"

"검사 결과 발가락뼈로 밝혀졌습니다."

"발가락……."

그는 중얼거리더니 뼛조각을 상자 안에 넣고 나서 비틀비틀 일어났다. 다른 사람들도 따라 일어섰다.

"가시지 말고 잠깐만 기다려 줘요."

그는 상자를 들고 옆방으로 들어갔다. 그곳은 그가 휴식을 취할 수 있게 꾸며진 침실로, 침대 하나와 소파, 그리고 테이블이 놓여 있었다.

그는 상자를 테이블 위에 내려놓고 나서 소파에 앉아 발가락뼈와 유품들을 다시 한 번 넋 나간 모습으로 쳐다보다가 흑하고 울음을 터뜨렸다.

20분쯤 지나 그가 밖으로 나왔을 때 그의 두 눈은 붉게 충혈되어 있었다.

그러나 아까보다는 훨씬 안정되어 있었다. 비서실장이 재빨리 그의 손에서 상자를 받아 들어 탁자 위에 내려놓았다.

"지리산에 계시다고 했지요?"

"네, 그렇습니다."

대령이 몸가짐을 바로 하면서 대답했다.

"지리산 어디쯤인가요?"

대령은 조금 당황하는 기색이었다.

"정확한 위치에 대해서는……."

"지금 당장 갑시다. 부근에 헬기 착륙장은 있겠죠? 실장,

헬기 준비시켜요. 그리고 유해를 발굴하는 데 필요한 인부들도 찾아봐요.”

“알겠습니다.”

비서실장이 일어서는 것을 보고 대령은 당황해서 손을 흔들었다.

“그, 그게 사실은 좀 더 기다려 봐야 정확한 위치를 알 수가 있습니다.”

“그게 무슨 말이죠? 이 유골, 거기서 가져온 거 아닙니까?”

“마, 맞습니다.”

“부대원이 가져온 게 아닙니까?”

“그, 그게 아닙니다. 우리 부대가 찾은 게 아니고 어떤 소년이 보내온 겁니다. 이걸 보시면 이해가 가실 겁니다. 이 중위, 그 편지를 보여 드려.”

대령이 눈짓하자 중위는 가방 속에서 편지봉투를 꺼내 서 회장에게 건넸다. 서 회장은 그것을 찬찬히 읽고 나서 자못 놀라는 표정으로 물었다.

“이걸 직접 들고 왔던가요, 아니면……?”

“우편으로 왔습니다.”

“이 나무 상자에 담겨 왔습니까?”

“아닙니다. 이건 우리가 따로 옮겨 모신 거고, 우편으로 왔을 때는 종이상자에 들어 있었습니다."

"정확히 말씀드리면 종이 상자 안에 플라스틱 통이 있었고, 그 안에 유품과 유골이 들어 있었습니다."

이 중위가 옆에서 대령의 말을 거들었다.

서 회장은 소년의 편지를 비서실장에게 건넸고, 비서실장은 그것을 재빨리 일별하고 나서, "놀라운 일인데요." 라고 말한 다음 대령 쪽으로 시선을 돌렸다.

"그 소년을 만나보면 정확한 장소를 알 수 있을 거 아닙니까? 아직 안 만나보셨나요?"

"네, 아직 못 만났습니다. 우리 대원들이 찾아갔는데 집에 아무도 없었습니다."

이 중위가 좀 더 자세히 설명했다.

"우편물에는 집 주소가 없었습니다. 그래서 편지에 적혀 있는 H초등학교를 찾아갔습니다. 방학이라 학교에는 당직 교사만 있었습니다. 당직 교사는 유다루라는 학생에 대해 잘 알고 있었습니다. 그 교사의 말로는 그 학생은 천재라고 했습니다. 그런데 학적부에는 전 주소만 적혀 있지 지금 주소는 적혀 있지 않았습니다. 전화번호도 없었는데, 교사 말로는 아파트 단지 부근에 있는 숲 속에 캠핑카를 주차해 놓고 그 안에서 살고 있는 걸로 알고 있다고 했습니다. 수소문해서 갔더니 숲 속에 정말로 캠핑카가 있었습니다. 그런데 아무도 없고 비어 있었습니다. 동네 사람들 말로는 아버지하고 남매가 살고 있는데 어디 갔는지 모른다고 했습니다."

"캠핑카에서 살고 있다는 건 집이 없다는 말인가요?"

서 회장이 물었다.

"네, 집이 없어서 거기서 살고 있다고 했습니다. 하지만 주위에 칭찬이 자자했습니다. 아주 영리하고 똑똑하고……. 또 그 애가 데리고 있는 개가 한 마리 있는데 눈이 하나밖에 없지만 그 개가 보통 개가 아니라고 했습니다."

"지금 우리 대원 두 명을 캠핑카 주위에 대기시켜 놨습니다. 소년이 나타나면 즉시 연락이 올 겁니다."

대령이 말했다.

"차 실장, 실장이 한 번 직접 가봐요. 그 아이에 대한 신상도 자세히 알아봐요."

서 회장이 비서실장에게 지시를 내리자 이 중위가 자기가 그곳까지 안내하겠다고 나섰다.

방문자들 • • • 🐕

다루 남매가 케르와 함께 집으로 돌아온 것은 다음 날 오후였다. 그런데 캠핑카 주위에는 몇 사람이 서성거리고 있었다. 모두 남자들로 두 명은 군인이고 다른 두 명은 남방 차림의 젊은이였다.

다루와 세미는 새카맣게 타 있었다. 하지만 얼굴에는 생기가 넘쳐흐르고 두 눈은 반짝거리고 있었다. 그들은 난생처음 비행기를 타고 제주도에 다녀오는 길이었다.

다루 남매가 제주도에 놀러가게 된 것은 갑작스럽게 그렇게 된 것이었다. 가까운 아파트 단지에는 다루보다 2학년 아래인 훈이라는 아이가 있었다. 본래 이름은 장지훈인데 부르기 쉽게 그냥 훈이라고들 불렀다.

훈이네는 소문나지 않은 알부자였다. 그의 아버지는 전문 변호사들을 모아서 대형 법무법인을 설립, 이른바 로펌(Law Firm)으로 떼돈을 번, 그 방면에서는 알아주는 아주 유능한 사람이었다.

하지만 그에게도 남다른 고민이 하나 있었다. 그는 세 남매를 두었는데 막내가 훈이었다. 위로 두 아이는 똑똑하고 공부도 잘하는데 훈이는 그렇지가 못했다. 공부도 지지리 못할 뿐만 아니라 자폐아였다.

아무하고도 놀려고 하지 않고 말도 하지 않는 훈이 때문에 부모는 골치를 썩었다. 병원에 데리고 가서 상담을 하기도 하고 치료도 받아봤지만 조금도 좋아지는 것 같지 않았다. 훈이 어머니는 훈이만 남겨둔 채 두 남매를 미국으로 조기 유학을 보냈다. 그녀 자신도 아이들이 어리기 때문에 뒤를 돌봐줘야 한다는 이유로 아이들을 따라갔다. 졸지에 기러기아빠가 된 훈이 아버지는 훈이가 가엾기만 했다. 하지만 그는 업무가 바빠 새벽에 출근했다가 자정이 다 되어서야 귀가해 훈이를 돌볼 시간이 없었다. 대신 훈이는 가정교사와 가정부에게 맡겨졌지만 사실 방치된 것이나 다름없었다.

그러던 어느 일요일 오후 모처럼 집에서 쉬게 된 변호사는 훈이가 잡아끄는 바람에 밖으로 따라 나갔다. 훈이가 간 곳은 숲 속에 있는 낡은 캠핑카였다. 주위에 옷이 주렁주렁 걸려 있고 안에 살림살이가 있는 것이 무슨 이동 주택 같았다.

그 앞에서 놀고 있는 다루 남매와 케르를 보자 훈이는 함박웃음을 웃으며 스스럼없이 뛰어들었다. 전에도 와본 듯 그들은 서로 잘 어울렸다. 훈이는 특히 케르를 좋아해서 마구 끌어안고 뒹굴기까지 했다.

변호사는 다루 남매를 집으로 초대해서 피자를 사주고 마음껏 놀게 해보았다. 놀랍게도 훈이는 다루 남매와 놀 때는 자폐 증세를 보이지 않고 정상아처럼 웃고 떠들었다. 그것은 어떤 의사도 보여주지 못한 놀라운 장면이었다.

변호사는 다루 남매에게 언제라도 집에 놀러오라고 당부했고, 다루 남매는 자기들은 꿈도 꿀 수 없는 그 고급 아파트에 종종 놀러가곤 했다.

여름방학이 되자 미국에서 아내와 아이들이 귀국했고, 변호사는 오랜만에 가족 모두 제주도에 있는 별장으로 피서를 가기로 했다.

그런데 훈이가 가지 않겠다고 떼를 썼다. 죽기 살기로 안 가겠다고 하니 부모도 어쩔 수가 없었다. 이유인즉슨 다루 형과 개구리 잡으러가야 한다는 것이었다.

그제야 다루라는 애와 잘 어울리는 것을 알게된 훈이 어머니는 그럴 것 없이 다루라는 애를 함께 제주도에 데려가면 어떻겠느냐고 물었다. 좋은 생각이라고 생각한 변호사는 훈이에게 다루하고 함께 제주도에 가면 가겠느냐고 물었다. 훈이는 가만히 고개를 끄덕였다.

변호사 부부는 캠핑카를 찾아가 훈이랑 제주도에 며칠 놀러가지 않겠느냐고 물었다.

그러자 다루는 좀 곤란하다고 말했다. 누나도 있고 케르도 있는데 자기 혼자 놀러가기는 좀 뭣하다는 것이다. 변호사는 사정을 이야기했다. 미국에서 형제들도 오고 해서 가족 모두 제주도로 놀러 가려고 하는데 훈이가 안 가겠다고 고집을 부려서 난처하다는 것, 그런데 다루가 함께 가주면 훈이도 제주도에 갈 거라는 것 등을 이야기했다.

그러나 다루는 세미와 케르를 떼어놓고는 갈 수 없다고 분명히 말했다. 그것은 자기를 데려가려면 세미와 케르도 함께 데려가 달란 말이나 다름없었다. 변호사 부부는 생각 끝에 다루 남매와 케르까지 모두 함께 가면 어떻겠냐고 물었고, 다루는 그렇다면 따라가겠다고 대답했다.

결과적으로 볼 때 그것은 아이들에게는 더할 나위 없이 즐거운 여행이었다.

갑자기 따라붙은 낯선 아이들과 한쪽 눈까지 없는 괴상망측한 개까지 짖어대는 바람에 미국에서 온 훈이 형과 누나는 노골적으로 싫은 기색을 보이며 그들을 피했다.

그러나 하루가 채 지나기도 전에 그들은 언제 그랬느냐는 듯 놀라운 친화력을 보이며 잘 어울렸다. 순수한 동심이 모든 벽을 허물고 그들을 쉽게 어울리게 했던 것이다. 훈이가 괴성까지 질러대면서 제일 기뻐하는 것을 본 변호사 부부는 도무지 알다가도 모르겠다는 표정으로 막내아들이 뛰어노는 것을 지켜보면서 비로소 안도의 한숨을 내쉬었다.

"다루니?"

다루가 캠핑카 문을 열기 위해 배낭에서 열쇠를 찾고 있자 군인 두 명이 갑자기 다가와 물었다. 남방 차림의 남자들도 다가와 있었다.

"네, 그런데요."

"아, 네가 다루구나. 너 만나려고 여기서 며칠 기다렸다. 어디 갔다 오는 거니?"

키가 크고 안경을 낀 병장이 웃으며 물었다.

"제주도에 갔다 왔는데요."

"아, 그래? 그건 그렇고, 네가 국방부 유해 발굴단에 소포 보냈지?"

"네……."

다루는 조그만 목소리로 대답했다. 병장은 다루의 어깨를 두드리며 말했다.

"아주 훌륭한 일을 한 거야. 우리 단장님이 널 찾아가서 감사의 뜻을 전하라고 했어. 우리 군은 정말 너한테 감사하고 있어."

"뭘요. 그런데 유족 찾았어요? DNA 검사하면 찾을 수 있을 텐데……."

"검사도 다 끝났고 유족도 찾았어."

"야, 다행이다. 유족은 어디서 살고 있어요?"

"서울서 살고 있어. 유족도 너한테 감사하고 있어."

체크무늬 남방 차림의 젊은 남자가 말했다.

"유족에 대해서는 나중에 이야기하기로 하고, 그전에 너한테 몇 가지 물어보고 또 확인할 것도 있는데 이야기 좀 나눌 수 있겠니?"

"네, 좋아요. 들어오세요."

세미는 다루와 어른들이 도대체 무슨 이야기를 나누고 있는지 그저 어리둥절하기만 했다. 막연히 다루가 무슨 일인가 저지른 것 같은데, 그것이 별로 나쁜 일은 아닌 것 같아 마음이 좀 놓이기는 했지만 내막을 모르니 궁금하기 짝이 없었다.

다루의 옆구리를 찌르며 무슨 일이냐고 물었지만 그는 웃기만 할 뿐 나중에 이야기하겠다고 하면서 딴청을 부렸다.

남자들은 캠핑카 안에 들어와 살림살이가 꽉 들어차 있는 것을 보고 적잖게 놀라는 것 같았다. 다루네가 차 안에서 살고 있다는 이야기를 듣기는 했지만 막상 차 안에 들어와 보니 그 느낌이 달랐던 것이다. 빈곤의 현장이 가슴을 아프게 했는지 그들은 잠시 숙연한 모습으로 서 있었다.

"여기서 몇 식구가 사니?"

흰 남방 차림에 얼굴이 검은 남자가 물었다.

"네 식구가 사는데요."

"부모님하고 너희 둘?"

"아뇨. 아빠하고 저희 둘, 그리고 케르요."

다루는 옆에서 꼬리를 살랑살랑 흔들고 있는 케르의 머리를 쓰다듬어 주었다.

"어머님은?"

"돌아가셨어요. 에어컨 켜드릴게요."

올여름 들어 에어컨은 한 번도 켜지 않았다. 하지만 손님들이 더워하는 것 같아 켜지 않을 수 없었다.

"아버님은 어디 계시니?"

"아빠는 출장 가셨어요."

“출장? 어디로?”

“대전이요.”

“아버지는 무슨 일을 하시니?”

“공사판에서 일하시는 걸로 알고 있어요.”

“아버지는 언제 오시니?”

“당분간 못 오신다고 했어요.”

“그럼 너희만 있는 거니?”

다루는 고개를 끄덕였다.

“아버지 전화 있니? 있으면 번호 좀 가르쳐 줘.”

“그건 좀 곤란한데요.”

야무지게 거절하자 남자들은 난처해하기도 하고 미소를 짓기도 했다. 안경 낀 병장이 부드러운 어조로 말했다.

“우리 군에서는 국군 유해가 있는 곳을 알려주는 사람에게는 포상금을 지급하고 있어. 한 구당 백만 원씩 주고 있거든. 현장을 확인해 본 후 그곳에 정말 유해가 있으면 너한테도 포상금을 주려고 해. 그러려면 넌 너무 어리기 때문에 보호자한테 연락을 취해서 지급해야 해. 뭐, 나쁜 일은 아니고 좋은 일로 그러는 거니까 몇 번인지 말해봐. 네 전화번호도 있으면 가르쳐 줘. 앞으로 너한테 연락해야 할 일이 많을 거야.”

“아빠는 아무 것도 모르시는데요.”

"그럼 이번 일 너 혼자 한 거니?"

모두가 놀라고 의외라는 듯 다루를 쳐다보았다.

"네."

"아버지한테는 왜 말씀 안 드렸지?"

"부담이 될까 봐서요."

"음, 그렇구나. 하여튼 이젠 비밀로 할 수 없으니까 아버지하고 네 전화번호 좀 말해봐."

다루는 아버지와 세미의 휴대폰 전화번호를 알려주고 나서 불쑥 이렇게 말했다.

"한 구가 아니고 여러 구가 있었어요."

"지리산에 말이야?"

"네, 틀림없이 여러 구예요."

"왜 그런데 한 사람 것만 가져왔지?"

"맨 처음 발견했거든요. 나중에 옆을 막대기로 헤쳐 보니까 다른 유골들이 막 나왔어요. 무서워서 도망쳐 왔어요."

"정확히 그 위치가 지리산 어디니?"

병장이 지리산 지도를 꺼내 폈다. 다루는 지도를 살펴본 후 한 지점을 가리켰다.

"여기… 벽소령 부근이에요."

"음, 그런데 어떻게 해서 거기까지 가게 됐지?"

"아빠하고 누나하고 지리산 종주했어요. 그런데 유해를 먼저 발견한 건 제가 아니고 케르예요."

다루가 케르의 머리를 쓰다듬어 주자 손님들은 눈을 휘둥 그렇게 떴다.

"이 개가 먼저 발견했다고?"

"네, 그래요."

다루는 유해를 발견하고, 또 그것을 아무도 몰래 가지고 와 국방부 유해 발굴 감식단에 보내기까지의 과정을 비교적 자세히 이야기해 주었다.

이야기를 모두 듣고 난 그들은 하나같이 감동하는 표정으로 다루를 쳐다보면서 칭찬을 아끼지 않았다.

"넌 참 대단한 일을 한 거야. 정말 대단해."

"아니에요. 케르가 발견한 건데요, 뭐."

병장과 체크 남방 남자는 밖으로 나가더니 어디론가 한참 동안 전화를 걸었다. 그리고 자기들끼리 이야기를 나누더니 다시 안으로 들어왔다.

"내일 아침 우리하고 함께 지리산에 가서 유해가 있는 곳을 좀 가르쳐 줄 수 없겠니? 네가 안내해 주지 않으면 찾을 수가 없으니까 말이야."

체크무늬가 말했다.

"네에? 벽소령까지 가잔 말이에요? 아이구, 거기가 얼마나 먼데요. 힘들어 죽는다구요."

"하지만 네가 아니면 그 장소를 아는 사람이 없잖니. 부탁한다."

"그렇긴 하지만……."

"아마 헬리콥터로 가게 될 거야. 그러니까 힘든 건 하나도 없어."

"정말이에요? 그럼 갈게요!"

헬기를 타고 간다는 말에 다루는 혹했다. 하지만 금방 다른 말을 했다.

"그런데 좀 곤란하겠는데요."

"왜? 무슨 문제가 있어?"

"케르하고 누나를 두고 저만 갈 수는 없어요."

"하룻밤 자고 오는 것도 아니고 갔다 바로 올 건데 뭘 그래? 잠깐만 시간 내면 되잖아. 벽소령까지 헬기로 한 시간밖에 안 걸려."

"네, 그건 아는데 좀 곤란해요. 케르가 처음 발견했기 때문에 케르를 데려가지 않으면 찾기가 힘들어요. 케르는 한 번 가봤기 때문에 금방 찾을 거예요."

"그래? 그렇다면 케르는 그렇다 치고 누나도 꼭 데려가야 하니? 왜냐하면 헬기가 작아서 많은 인원이 탈 수가 없어서 그래."

"하지만 누나한테 헬기를 한 번 태워주고 싶어요. 이런 기회 없잖아요."

"알았다. 잠깐 기다려 봐."

체크무늬는 밖으로 나가더니 어디론가 전화를 걸었다.

"저 아저씨도 군인이에요?"

다루는 흰 남방 차림에 얼굴이 검은 사람에게 물었다.

"우린 군인이 아니고 회사에 다니고 있어."

"그래요? 명함 한 장 주실 수 없으세요?"

"아, 미안. 인사가 늦었다."

검은 얼굴은 명함을 꺼내 다루에게 건넸다. 명함에는 '오리온 그룹 기획관리실 과장 김태호'라고 적혀 있었다. 체크무늬가 들어와 다루의 어깨를 툭 쳤다.

"됐다! 케르하고 누나도 함께 간다."

"와아! 고맙습니다!"

다루와 세미는 손뼉을 부딪치면서 소리를 질렀다.

"넌 협상의 명수다. 보통이 아니야."

체크무늬도 다루에게 명함을 꺼내 주었는데 그는 차장 황명수였다. 군인들은 명함이 없기 때문에 종이에다 이름과 계급, 그리고 연락처를 적어주었다. 다루는 신문을 보고 텔레비전 방송 뉴스도 보기 때문에 오리온 그룹에 대해서는 대강 알고 있었다.

"오리온 그룹이라면 국내 10대 기업 안에 들잖아요?"

"그래, 그런 것까지 알고 있구나."

체크무늬는 신통하다는 듯 다루를 쳐다보다가, "내일 아침 8시에 데리러 올 테니까 대기하고 있어." 하고 말했다.

"알겠습니다."

그렇게 대답은 했지만 다루는 한 가지 의문이 떠나지 않았다. 왜 유해 발굴단 부대원이 나서서 이야기하지 않고 민간인인 회사원이 이것저것 꼬치꼬치 캐묻고 헬기 이야기까지 하는지 이해가 가지 않았다.

군용 헬기라면 군인이 나서서 이야기해야 하지 않는가.

그래서 그는 참지 못하고 물었다.

"그런데 아저씨들은 왜 오신 거예요? 오리온 그룹하고 유해 발굴하고 무슨 관계가 있나요?"

느닷없는 질문에 오리온 맨들은 멈칫했다. 그리고 처음부터 순서가 잘못됐음을 깨달았다. 그것은 상대가 어린이라고 깔보고 처음부터 신분도 밝히지 않고 무슨 일로 자기들이 그곳에 왔는지조차도 설명하지 않은 데서 비롯된 것이었다.

"아, 아직 모르고 있구나. 미안하다. 처음부터 설명했어야 하는데. 에도, 그러니까, 간단히 설명하면 네가 국방부에 보낸 유해 말이야. 그 유족이 바로 우리 회사에 계신 분이야. 그분은 돌아가신 분의 하나밖에 없는 아들이고 유일한 유족이셔."

"아, 그래서 아저씨들이 오신 거군요? 그렇다면 이해가 되네요."

다루는 오리온 그룹의 그 어떤 분이 누구인지 묻지 않았고, 굳이 알고 싶은 생각도 없었다. 오리온 맨들도 거기에 대해서는 입을 다물었다.

그날 밤 다루와 세미는 흥분한 나머지 거의 잠을 이루지 못했다.

세미는 그날 밤 참지 못하고 아버지에게 전화를 걸어 낮에 벌어졌던 소동에 대해 낱낱이 이야기했다. 유씨는 놀라고 어이없어했다. 어린 아들이 한 짓이라고 보기에는 그 파장이 너무 컸던 것이다. 하지만 한편으로는 다루가 대견하기도 했다.

세미에게 다루를 바꿔달라고 하자 전화를 받은 다루는 기어드는 목소리로, "죄송해요, 아빠." 하고 말했다.

"왜 나한테 이야기하지 않았니?"

"아빠한테 부담이 될까 봐서요."

"암튼 좋은 일을 했다. 그런데 내일 헬기 타고 지리산에 간다며?"

"네, 누나하고 케르도 가요."

"야아, 재미있겠다."

"모두가 아빠 덕분이에요."

"아니다. 네가 착하고 똑똑해서 그런 거지."

"아니에요. 아빠하고 지리산 종주 안 했으면 그런 일도 없었을 거예요. 그리고 결정적인 역할은 케르가 했어요. 케르가 아니었으면 유해를 발견하지 못했을 거예요."

"그건 그렇다. 하여튼 몸조심해라."

"네, 걱정하지 마세요."

"냄새나지 않게 목욕도 하고 옷도 깨끗한 걸로 갈아입어라. 그리고 버릇없이 굴면 안 된다."

"네, 알았어요. 그런데 아빠는 어떠세요? 괜찮으세요?"

"음, 난 괜찮다. 열심히 일하고 있으니까 걱정하지 마."

"몸조심하세요."

그날 밤늦게 체크무늬가 누군가를 데리고 왔는데 비서실장이라고 했다. 중키에 점잖게 생긴 중년의 차 실장은 캠핑카안을 호기심 어린 눈으로 살펴보기도 하고 집안에 대해 이것저것 캐묻다가 돌아갔다.

유해 발굴 ● ● ● 🐺

다루와 세미, 그리고 케르는 헬리콥터 맨 뒷자리에 가서 앉았다. 그 뒤를 따라 몇 사람이 헬기에 올랐다. 헬기는 꽤 커 보였고, 흰색의 동체에는 'ORION'이라는 영문자와 함께 'S-92'라는 기체 고유명이 적혀 있었다. 그것은 미국의 시콜스키 사가 제작한 것으로 최대 탑승 인원은 14명이었다. 오리온 그룹은 업무용으로 10여 년 전에 그것을 구입했다.

20분쯤 기다리자 터미널 건물 쪽에서 몇 사람이 나타났다. 그들은 한 노신사를 호위하듯 하면서 다가왔는데, 반백의 머리를 한 노신사는 중키에 평범한 인상이었다. 그는 검은 바지 위에 베이지색 재킷을 걸치고 있었고, 재킷 안에는 흰색 와이

셔츠를 입고 있었다. 검은 테의 동그란 뿔테 안경과 코밑수염을 기른 모습은 사업가 같지가 않았다. 안경에 가려진 두 눈은 부드러우면서도 깊은 혜안을 간직하고 있는 듯했다. 그가 헬기에 오르자 나머지 사람들도 모두 올랐다. 탑승 인원은 케르까지 14명이었다.

"그 아이는 탔나?"

노신사가 뒤를 돌아보며 물었다.

"네, 탔습니다. 뒤에 있습니다."

"이리 오라고 그러지. 내 옆으로 오라고 해요."

노신사 곁에 앉아있던 비서실장이 다루에게 자리를 내주고 자기는 뒤로 가서 앉았다.

"오, 너로구나. 이리 와서 앉아."

노신사는 다루의 손을 잡아끌며 온화하게 웃었다. 다루는 두 눈을 깜박거리며 노신사를 바라보았다.

"고맙다. 고마워."

노신사는 거듭해서 고맙다고 했다. 나이 어린 소년 때문에 아버지의 유해를 찾을 줄이야 상상도 못했던 일 아닌가. 소년을 보자 서 회장은 감동이 밀물처럼 밀려왔다.

다루는 노신사가 누구인지 알 수가 없었다. 그래서, "할아버지는 누구세요?" 하고 물었다.

"오, 이런. 난 그러니까……."

엔진 소리와 함께 프로펠러 소리가 시끄럽게 나기 시작했다. 잠시 후 헬기가 기우뚱하더니 공중으로 떠오르기 시작했다.

케르가 놀랐는지 멍멍 하고 짖자 세미가 재빨리 끌어안았다. 헬기는 계속 상승하면서 남쪽으로 날아갔다. 일정 고도까지 올라간 다음 남쪽을 향해 수평으로 날아가자 시끄럽던 소음은 많이 가라앉았다.

다루가 정신없이 아래를 내려다보고 있는데 옆에 앉은 노신사가 그를 툭 건드렸다. 고개를 돌리자 그는 전사자의 유품인 비닐 커버를 보여주었다. 그 안에는 사진이 그대로 들어 있었다.

"이거, 네가 국방부에 보낸 거지?"

"네, 맞아요."

노신사의 손가락이 소위 품에 안겨 있는 아기를 가리켰다.

"이 아기가 바로 나야. 닮지 않았니?"

"그래요?"

다루는 놀라서 노신사와 아기를 번갈아 쳐다보았다.

"잘 모르겠는데요."

노신사의 주름진 눈가로 미소인지 슬픔인지 모를 미세한

움직임이 스쳐 지나갔다.

다루는 갑자기 노신사에게 죄를 진 것 같은 생각이 들었다. 그때 노신사가 다루의 손을 잡았다. 따뜻하고 부드러운 손이었다.

"고맙다. 이제야 발을 뻗고 잘 수 있을 것 같다."

그때 뒤에 앉은 비서실장이 다루의 귀에다 대고 재빨리 속삭였다.

"회장님이셔. 우리 오리온 그룹의……"

다루는 '아!' 하다가 얼른 고개를 끄덕였다. 그때 케르가 어느새 다가와 다루의 무릎 위에 턱을 올려놓고 그를 빤히 쳐다보았다.

"어, 그놈, 이름이 뭐지?"

서 회장이 물었다.

"케르예요. 케르가 맨 먼저 유해를 발견했어요."

"음, 이야기는 들었다."

"케르가 아니면 그냥 모르고 지나갔을 거예요."

서 회장은 크게 고개를 끄덕였다.

"고마운 개구나. 그런데 눈은 왜 그렇지?"

다루는 케르를 주워다가 기르게 된 경위를 이야기해 주었다. 그런 다음 이렇게 덧붙였다.

"동물을 사랑해주면 반드시 보답이 있다는 것을 배웠어요. 만일 보살펴주지 않았다면 케르는 죽었을 거고, 유해를 발견하지도 못했을 거예요. 동물을 학대하면 정말 안 돼요."

"옳은 말이다."

서 회장은 기특하다는 듯 다루의 머리를 쓰다듬어 주었다.

헬기는 온통 녹음으로 우거진 산과 들 위를 곧장 날아갔다. 날씨는 맑았고, 광활한 대지 위를 휘감아 돌면서 유유히 흐르는 강은 햇빛을 받아 하얗게 빛나고 있었다.

큰 도시가 보였고, 그곳을 지나자 마을과 마을이 나타났다가 사라졌다.

출발한 지 한 시간 반쯤 지나 헬기는 벽소령 헬기 착륙장에 도착했다.

"군 발굴단은 한 시간쯤 늦는다고 연락이 왔습니다. 우리보고 현장에 먼저 가서 손대면 안 된다고 했습니다."

비서실장이 헬기에서 내리는 서 회장을 부축하면서 말했다.

"기다리지, 뭐. 60년을 기다렸는데 한 시간이야……."

서 회장은 대수롭지 않다는 듯 말하면서 산장 쪽으로 걸어갔다.

착륙장은 한 대밖에 착륙할 수 없기 때문에 헬기는 군용 헬기를 위해 자리를 비워주어야 했다. 산 아래 군청 소재지에 있는 초등학교 운동장에 헬기를 대기시켜 놓기 위해 오리온 헬기는 벽소령을 출발했다.

"아, 좋구나."

산장 앞에서 주위를 둘러보며 서 회장이 말했다.

"여기가 지리산 능선의 허리 부분이에요. 여기서 보는 달이 세상에서 제일 아름답대요."

다루의 설명에 서 회장은 고개를 끄덕였다.

"아, 그래. 나도 다리가 튼튼하면 죽기 전에 종주를 한번 하고 싶다."

"아직 젊으신데요, 뭐. 할아버지들도 많이 종주하세요. 보세요. 저기 할아버지들 오시잖아요."

"오, 그렇구나."

서쪽에서 내려오고 있는 세 명의 노인을 유심히 바라보면서 서 회장은 연방 고개를 주억거렸다.

"그래, 그 유해를 발견한 곳이 어디냐?"

"저기요. 저 할아버지들 내려오시는 능선 있잖아요. 그 왼쪽 숲 속으로 조금 들어가면 있어요. 제가 헝겊으로 표시해놔서 금방 찾을 수 있을 거예요."

"고맙구나."

그들은 산장 앞에 놓여있는 탁자 앞에 가서 앉았다. 서 회장은 다루와 이야기하고 싶은지 계속 그를 자기 곁에 불렀다.

세미는 한 번 와봤기 때문에 지리에 익숙한지 케르를 데리고 노란 꽃이 피어 있는 곳을 헤집고 다녔다. 주위에는 노란 꽃이 지천으로 피어 있었다.

"저 노란 꽃은 무슨 꽃이지?"

"원추리 꽃이요."

"아, 원추리……."

"지금은 이렇게 아름다워 보이지만 옛날에는 여기가 격전지였대요. 빨치산하고 토벌대가 마지막으로 결전을 치른 데가 여기고, 그 후부터 빨치산은 뿔뿔이 흩어져서 도망 다니기에 바빴대요. 저 아래 빗점골이라고 있는데, 거기서 빨치산 대장 이현상이 사살됐대요."

"오, 그래. 여기가 아주 의미심장한 곳이구나."

서 회장과 그 주위에 앉거나 서 있는 사람들은 어린 소년의 설명에 하나같이 귀를 기울이고 있었다. 전쟁 때 태어나지도 않은 소년이 거침없이 빨치산 이야기를 하는 것이 도무지 실감이 안 난다는 그런 표정이다.

"빨치산 세력이 강할 때는 여기 지리산에 2만 명까지 있었대요. 하지만 결국 모두 죽거나 자수하거나 그랬겠지요. 세계 전사상 한국의 빨치산처럼 비참했던 빨치산은 없었대요."

"산속에서 숨어 살아야 하니까 그랬겠지."

"그게 아니라 갈 데가 없었기 때문이에요. 유엔군의 인천 상륙작전으로 퇴로가 막힌 그들은 북으로 갈 수가 없었고, 김일성도 그들을 구하기 위해 아무런 손도 쓰지 않았어요. 그러니까 그들은 남과 북 양쪽으로부터 철저히 버림받고 죽어간 거예요."

무거운 침묵이 깔렸다. 다루는 손으로 유해를 발견한 곳을 가리켰다.

"저기 누워 있는 국군들은 아마 여기서 격전이 벌어졌을 때 희생됐을 가능성이 커요."

서 회장은 두 손으로 다루의 손을 꼭 움켜잡았다.

"넌 어른이 다 됐구나. 놀랍다. 어머니가 안 계신다면서?"

"네……."

"아버지는 어디 계시지?"

그는 이미 보고를 받아서 알고 있었지만 직접 확인해 보고 싶었다.

"대전에 출장 가셨어요."

"무슨 일을 하시지?"

"건설 현장에서 노동일을 하셔요. 몸도 약하신데 걱정이에요."

"그럼 집에는 너희 남매 둘만 있니?"

"네. 저기… 사생활에 대해서는 더 이상 말씀드리고 싶지 않은데요."

"아, 그래. 알았다."

여기저기서 웃음소리가 들려왔다.

그때 노인 등산객들이 도착하는 바람에 모두가 그들을 쳐다보았다.

"안녕하쇼?"

키가 작지만 다부지게 생긴 노인이 인사를 한 뒤 옆에 있는 테이블 위에다 배낭을 내려놓는다.

"대단하십니다. 어디까지 가시는 겁니까?"

비서실장이 물었다.

"천왕봉이요."

"종주하시는 겁니까?"

"그렇죠. 우린 1년에 한 번씩 꼭 지리산 종주해요."

"연세가 어떻게 되십니까?"

회장이 물었다.

"일흔하나요. 우리 셋이 똑같아요."

키가 큰 노인이 웃으며 말했다.

"부럽군요."

그때 막 도착한 젊은 남자가 서 회장을 유심히 쳐다보더니 혹시 오리온 그룹 회장님 아니냐고 묻는 바람에 주위가 갑자기 소란스러워졌다.

사람들은 서 회장에게 악수를 청하기도 하고 사인을 부탁하기도 했다. 다루와 세미도 사인을 부탁했다.

그때 멀리서 헬리콥터 소리가 들리더니 이윽고 군용 헬기의 모습이 나타났다. 헬기는 한 대가 아니고 두 대였다. 한 대가 먼저 착륙해서 사람들과 짐을 부리는 동안 다른 한 대는 공중에서 맴을 돌고 있었다. 한 대가 임무를 끝내고 솟아오르자 기다리고 있던 다른 한 대가 그 자리에 내려앉았다.

두 대의 헬기가 토해내는 소음으로 주변은 한동안 몹시 시끄러웠다.

별을 네 개나 단 육군참모총장이 앞장서서 걸어오더니 서 회장에게 거수경례를 했다.

"총장님이십니다."

발굴단장이 소개하자 서 회장은 손을 내밀어 대장과 인사를 나누었다.

"멀리까지 오시다니 감사합니다."

"아닙니다. 우리 일입니다. 빨리 찾아드리지 못해 죄송합니다."

서 회장은 다루를 찾았다. 다루는 어른들 사이를 빠져나가 어느새 케르와 함께 헬기 주위를 맴돌고 있었다.

"다루야, 이리 와봐."

누군가가 그를 불렀고, 그는 헐떡거리며 서 회장 옆으로 뛰어왔다. 서 회장은 다루의 어깨를 두드리면서 총장에게 말했다.

"일등공신이에요. 이 애가 아니었으면 영영 못찾았을지도 몰라요. 다루야, 인사드려라. 참모총장님이시다."

"바로 이 학생이군요. 고맙다."

총장이 웃으며 손을 내밀자 다루도 손을 들고 악수했다.

"안녕하세요. 와아, 별이 네 개네요?"

사람들이 웃음을 터뜨렸고, 다루는 부러운 눈으로 군모에 붙어 있는 네 개의 별을 쳐다보았다.

유해 발굴을 위해 도착한 군인과 민간인들, 거기다 등산객들까지 무슨 일인가 싶어 가지 않고 몰려드는 바람에 벽소령 산장 일대는 한동안 사람들로 북적거렸다.

마침내 발굴단장이 출발하겠다고 하자 사람들이 움직이기 시작했다.

다루와 세미, 그리고 케르가 앞장서고, 그 뒤를 서 회장과 비서실장이 따라갔다.

이어서 발굴단장과 참모총장이 각종 장비를 든 병사들을 이끌고 올라갔다.

발굴에 동원된 군인은 스무 명이 넘어 보였다. 오리온 맨들은 맨 뒤에서 따라왔다. 등산객들이 따라오는 것을 보고 중간쯤에서 군인들이 제지했다.

"케르, 이제 실력을 발휘해야지. 가봐!"

다루가 숲 쪽을 가리키자 케르는 기다렸다는 듯이 뛰어갔다. 숲 속으로 사라진 케르가 짖어대는 소리가 메아리가 되어 들려왔다.

숲 속으로 들어서서 조금 걸어가자 나뭇가지에 걸려 있는 헝겊 조각들이 보였다.

"이거 네가 달아놓은 거냐?"

서 회장이 헝겊 조각을 가리키며 물었다.

"네, 제가 셔츠 찢어서 달아놓은 거예요."

조금 더 안쪽으로 들어가자 케르가 꼬리를 살랑살랑 흔들며 서 있는 것이 보였다.

"여기예요."

다루는 여기저기 드러나 있는 유골들을 가리키다가 세미가 두 손으로 얼굴을 가리는 것을 보고 저리 가라고 손짓했다.

"무서워."

세미가 뒤로 돌아서서 피하자 다루가 보지 말고 저리 가 있으라고 퉁을 주었다.

"바로 여기서 유골하고 유품들을 주워서 가져온 거니?"

서 회장이 물었다.

"네, 저쪽은 다른 사람들 유골 같아요. 이거 보세요."

나무뿌리와 흙으로 뒤범벅되어 있어 얼른 알아보기 어려운 두개골을 다루가 가리켰다.

그것을 보는 순간 서 회장은 창백한 표정이 되면서 얼굴이 굳어졌다.

그때 발굴단장과 총장이 가까이 다가왔다. 서 회장이 워낙 굳은 표정으로 두개골을 쳐다보고 있었기 때문에 그들은 말을 못 붙이고 말없이 거기에 시선을 집중했다.

이윽고 병사들이 다가오자 단장이 중사 계급을 단 나이 든 병사에게 두개골을 가리키며 지시를 내렸다.

"준비하는 동안 여기부터 살펴봐."

"알겠습니다."

중사는 부하에게 흰 광목천을 옆에 펴게 한 다음 흰 마스크를 꺼내 썼다. 그리고 면장갑을 낀 손으로 직접 두개골을 들어서 엎어진 그대로 광목천 위에 조심스럽게 올려놓았다.

검게 변한 두개골은 반 이상이 없어져 있었다. 중사는 집

게로 뒤통수에 난 구멍을 헤집어보더니 말했다.

"뒤에서 가까이 총을 대고 사살한 것 같습니다."

서 회장의 얼굴이 일그러지고 있었다.

중사는 두개골을 돌려서 앞부분이 보이게 했다. 이마 위에
도 큰 구멍이 하나 나 있었다.

"뒤에서 쏜 탄환이 이리 뚫고 나왔습니다. 이쪽 구멍이 훨
씬 더 크지 않습니까?"

중사는 발굴단장과 총장과 서 회장을 번갈아 쳐다보았다.

두개골의 아래쪽 부분은 거의 없어져 있었다. 왼쪽 눈과
광대뼈 부분도 반 이상이 삭아 없어져 있었다. 뻥 뚫린 구멍
에서는 흰개미 떼가 바글거리고 있었다.

서 회장의 안경이 뿌옇게 흐려지는 것 같더니 그가 온몸을
떨면서 무릎을 굽히는 것을 보고 비서실장이 재빨리 그를 부
축했다.

회장은 그를 뿌리치고 두개골 앞에 무릎을 꺾고 오열했다.

"이게 어떻게 된 일입니까?"

회장은 들릴 듯 말 듯 한 마디만 했다. 그러나 그는 속으로
많은 말을 하고 있는 것 같았다. 나이 스물에 쓰러져 60년 동
안 여기 계셨단 말입니까? 80이 되어 이런 모습으로 나타나
시다니⋯⋯. 이제야 찾아뵌 것을 용서해 주십시오. 떨리는 그

의 어깨는 이렇게 말하고 있었다. 다루도 한편에서 눈물짓고 있었다.

한참 후 서 회장이 몸을 일으키자 본격적으로 발굴이 시작되었다.

주위를 살펴본 발굴단은 상당수의 유해가 묻혀 있는 것을 확인하고는 그 일대에 접근하지 못하게 줄을 친 다음 작은 삽을 이용해 하나하나 발굴해 나갔다. 발굴 부대원 외에는 모두 줄 밖으로 나가 발굴 현장을 지켜보았다. 흰 광목천이 자꾸만 펴지더니 마지막으로 아홉 개째에서 끝이 났다. 각 광목천 위로 유해가 순서대로 놓였다.

유골을 발견하면 그것을 다른 병사가 들어다가 광목 위에다 사람의 형태로 일일이 맞추어 나갔다. 워낙 조심스럽고 예민한 작업이기 때문에 시간은 더디 걸리고 지루하기까지 했지만 발굴대원들은 서두르는 기색 없이 예의를 갖춰 작업을 진행해 나갔다.

참모총장이 바쁜 일정 때문에 먼저 자리를 떴지만 서 회장은 꼼짝도 하지 않고 현장을 지켰다. 점심시간 한 시간을 빼고 발굴은 쉬지 않고 계속되었다.

발굴단에는 취사반까지 있었고, 그들은 헬기로 수송해 온 음식으로 현장에서 조금 떨어진 평지에다 점심 식사를 차렸다.

다루와 세미, 그리고 케르는 군대 밥을 맛있게 먹었다. 하지만 서 회장은 식사에 거의 손을 대지 않았다. 그는 막걸리만 한 사발 마시고는 괴로운 듯 입을 열었다.

"모두 사살당했나요?"

"네, 그런 것 같습니다."

유 대령이 무겁게 고개를 끄덕이고 나서 이렇게 덧붙였다.

"두개골이 모두 엎어져 있고… 대퇴골이 두개골 가까이 있는 것으로 봐서… 쭈그리고 앉아 있는 상태에서 모두 뒤통수를 맞은 것 같습니다. 뒤통수에 모두 구멍이 나 있습니다. 아마 서중보 소위의 지휘하에 작전을 하다가 체포되어 사살된 것 같습니다."

단 한 구의 유해도 제대로 갖추어진 것은 없었다. 유골이 많이 삭아 없어졌기 때문에 두개골과 정강이뼈 하나, 대퇴골 하나, 손가락과 발가락뼈 몇 개 정도만 있는 유해도 있었고, 어떤 것은 두개골 한쪽이 완전히 없어지고 갈비뼈 몇 개만 남아 있는 것도 있었다.

서중보 소위의 유해는 그런대로 유골이 좀 남아 있었기 때문에 유해의 형태를 갖출 수가 있었다.

유해는 모두 아홉 구였고, 작업은 오후 다섯 시가 지나서야 끝이 났다. 발굴단장과 대원들은 유해를 향해 거수경례를 했고, 서 회장은 주위에 술을 뿌린 다음 아버지를 대신해서 아버지의 부하들에게 큰절을 올렸다.

그는 더 이상 울지 않았다.

"네가 큰 공을 세웠으니까 너도 술 한 잔 올려야 하지 않 겠니?"

서 회장의 말에 다루도 막걸리를 주위에 뿌린 다음 엎드려 큰절을 올렸다.

"저희가 모두 수습해서 며칠 후 국립현충원에 모실 겁니 다. 그때 연락드리겠습니다."

"수고 많았습니다. 감사합니다."

서 회장은 발굴단장을 비롯해서 발굴에 참가한 대원들과 일일이 악수를 나눈 다음 다루의 손을 잡고 숲을 빠져나왔다.

다루와 케르, 너무 유명해지다 • • • 🐕

다루와 케르가 지리산에서 국군 유해를 발견, 신고함으로
써 국군 유해를 아홉 구나 발굴하게 되었다는 소식은 금방 전
파를 타고 전국에 알려지게 되었고 이튿날 각 신문은 그 내용
을 상세하게 다투어 보도했다. 그리고 모든 기사에는 다루가
케르를 껴안고 있는 사진이 하나같이 대문짝만 하게 실려 있
었다.

늑대 소년과 외눈박이 개의 활약.
60년 동안 지리산에 묻혀 있던 국군 유해 발굴.
오리온 서 회장 부친 유골 발견하고 통곡.

이것은 신문에 실린 기사 제목들로, 그것들만 봐도 사람들의 호기심을 끌기에 충분했다.

그런데 무엇보다도 언론이 크게 관심을 두게 된 것은 이번에 발굴된 아홉 구의 유해 가운데 오리온 그룹의 서문구 회장의 부친 유해가 포함되어 있었다는 사실 때문이었다. 오리온 그룹이 국내 굴지의 대기업 군으로 한국 경제에 미치는 영향력이 큰 만큼 서 회장이 60년 만에 아버지의 유골을 발견했다는 사실은 언론의 집중 조명을 받기에 충분했다. 더구나 그의 부친인 서중보 소위는 한국전쟁이 한창일 때 아들의 백일잔치에 잠시 얼굴을 내밀었다가 다시 전쟁터로 떠난 뒤로 지금까지 실종 상태로 있었던 것이다. 그 가슴 아픈 사연은 사람들의 심금을 울렸고, 전쟁의 비극성을 다시 한 번 일깨워 주는 계기가 되었다.

그런데 다른 한편으로, 다루 입장에서는 그 일로 인해 연이어 어리둥절한 일들이 일어나는 바람에 큰 홍역을 치르지 않을 수 없게 되었다. 단순하던 그의 생활은 짜증스러울 정도로 복잡하게 뒤얽혔고, 그는 그런 것들이 싫어서 사람들을 피해 도망 다니기에 바빴다.

무엇보다도 그를 곤혹스럽게 한 것은 각종 언론이 그를 가리켜 늑대 소년이라고 부른 점이었다. 기자들은 다루에 대해 집중적으로 조사를 했고, 취재 과정에서 동네 사람들과 친구들 사이에 그가 늑대 소년으로 알려져 있다는 사실을 알아내고는 그것을 부각시켰던 것이다. 기자들은 혹시나 해서 다루의 생김새를 살펴보았지만 그의 어디에도 늑대를 닮은 점은 없었다. 늑대처럼 얼굴이나 팔다리에 털이 있는 것도 아니고 입이 뾰족 튀어나온 것도 아닌데 단지 늑대 울음소리를 잘 낸다는 이유 하나만으로 늑대 소년이라는 별명이 붙었던 것이다.

하지만 삭막한 현실 사회에서 어쩌면 그것은 동심을 일깨우는 아름다운 동화 같은 이야기일 수도 있겠다 싶어 기자들은 즐거운 마음으로 다루를 가리켜 늑대 소년이라고 불렀다. 어떻든 그 바람에 다루는 전국적으로 늑대 소년으로 알려지게 되었고, 특히 호기심에 찬 아이들이 그를 보려고 몰려드는 바람에 그들을 피해 다니느라 곤욕을 치러야 했다. 그를 본 아이들은 제각기 한마디씩 했다.

"늑대라면서 털도 없잖아."

"늑대 눈이 뭐 저래."

"야, 늑대처럼 울어봐."

"꼬리도 없어."

"보름달이 뜨면 늑대로 변하나?"

그러면서도 아이들은 다루를 은근히 두려워하기도 하고,

부러워하기도 했다.

바쁘게 며칠이 지나갔다. 다루는 지리산에 다녀온 며칠 후 국방부장관실에 불려가 감사패와 함께 포상금 9백만 원까지 받았다. 국군 유해를 발견하고 신고해준 대가로 받은 것인데, 한 구당 백만 원씩 계산해서 그렇게 받은 것이다.

유씨는 그때 공사장에서 팔을 다쳐 집에 와 쉬고 있다가 깁스를 한 채 수여식에 참석해서 아들이 상금을 받는 것을 지켜보았다.

다루가 국군 유해를 발굴, 신고한 이야기는 뉴스를 타고 전국으로 퍼져 나갔고, 그것을 알게 된 거주지 관할 구청장은 다루에게 장학금으로 2백만 원을 지급했다.

다루네 집안이 어려운 것을 알게 된 사람들은 여기저기서 돕겠다고 하면서 은행 계좌 번호를 알려달라고 하기도 하고 신문사로 돈을 보내기도 했지만 다루는 딱 잘라 거절했다.

하지만 서문구 회장이 베푼 호의만은 받기로 했다. 서 회장은 비서실장을 통해 감사의 뜻을 전하면서 조그만 성의이니 받아달라고 부탁했다.

비서실장이 캠핑카를 찾아온 것은 지리산에 다녀온 지 열흘쯤 지난 어느 날 오후였다. 유씨는 왼쪽 팔에 깁스를 한 채로 그를 맞았다. 다루와 세미는 어디론가 놀러 가고 없었다. 유씨와 차 실장은 서너 번 전화 통화를 한 적은 있지만 직접 대면하기는 그때가 처음이었다.

"몇 가지 드릴 말씀이 있어서 왔습니다. 회장님께서는 너무나 감사한 나머지 뭔가 보답을 해드려야겠다고 생각하시다가 조그만 아파트 한 채를 사드리기로 했습니다. 저희 오리온 건설에서 짓고 있는 아파트인데 위치도 좋고 오는 9월에 입주 예정입니다. 계산은 모두 끝났습니다. 여기 입주권이 있습니다. 빈 칸에 존함하고 몇 가지 써주시면 됩니다."

유씨는 잘못 들은 것 같아 두 눈을 껌벅거리며 멀거니 입주권을 내려다보았다.

글자가 눈에 들어오기까지는 한참이 걸렸다.

"45평짜리니까 세 식구가 사는 데는 불편하지 않을 겁니다."

"아이구, 무슨 일을 했다고 이 비싼 아파트를……."

감격에 겨운 나머지 유씨는 말이 제대로 나오지가 않았다.

"아파트 취득에 따른 제세금이 좀 있을 겁니다. 그런 건 저희가 다 납부할 테니까 걱정하지 마십시오."

"전 도무지 무슨 말씀인지……."

차 실장은 편지 봉투를 하나 꺼냈다.

"그리고 이건 회장님께서 쓰시라고 드리는 겁니다. 빚도 갚으시고 생활비에 보태 쓰시라고 드리는 겁니다.”

“아이구, 이러지 마십시오. 더 이상 필요 없습니다.”

빚 이야기까지 하는 것을 보면 뒷조사까지 한 것 같았다.

유씨는 얼굴이 화끈 달아올랐지만 어떻게 그런 것까지 다 아느냐고 캐묻지는 않았다.

“그리고 유 선생님 직장에 관한 건데, 지금 일하시고 계시는 데는 너무 힘들고 위험하더군요.”

“그, 그건 어떻게 아셨습니까? 좀 위험하긴 하지만…….”

“그리고 공사 기간 동안 한시적으로 일하시는 거 아닙니까?”

“네네, 그렇습니다.”

“아이들도 커가고 하는데 안정된 직장에서 일하실 생각은 없습니까?”

“아이고, 그거야 백번 일하고 싶지만 전 학력도 신통치 않고 그렇다고 무슨 기술이 있는 것도 아니고, 누가 저 같은 걸 받아주겠습니까?”

“음악을 하셨더군요?”

“네, 밤업소에서 연주를 좀 했습니다. 전에는 노래도 했는데 목을 다친 뒤로는 악기만 다뤘습니다.”

“그래서 드리는 말씀인데, 우리 오리온에서는 서해안에 대형 리조트 사업을 준비하고 있습니다. 국제적인 규모로 만

들고 있는데 내년 여름에 개장할 예정입니다. 개장하면 여객선으로 중국 관광객을 곧장 실어 나를 계획도 가지고 있습니다. 그런데 그와 같은 대형 리조트 사업에 필수적으로 따라가야 하는 것이 연예 파트입니다. 손님들을 즐겁게 해드려야 하니까요. 심심하면 누가 거길 찾겠습니까."

"그렇겠군요."

"만일 유 선생님께서 리조트 연예 파트에서 일하실 의향이 있으시다면 관리직으로 모시고 싶은 게 저희 쪽 생각입니다. 연예 쪽에서 다년간 일하셨고, 그쪽에 취향도 있으실 거라고 생각해서 말씀드리는 겁니다. 한번 생각해 보시고……."

유씨는 손을 내흔들었다.

"아이고, 생각해 보나 마나 그런 일자리가 어디 그렇게 흔합니까. 저한테는 과분한 거지요."

"알겠습니다. 마지막으로 한 가지만 더 말씀드리고 일어서겠습니다."

차 실장은 감격한 나머지 눈물을 훔치고 있는 유씨를 쳐다보다가 그가 고개를 쳐들자 입을 열었다.

"회장님께서는 다루 군의 교육에 남다른 관심이 있으신모양입니다. 그래서 다루 군이 학업을 마칠 때까지 장학금을 지급하라고 지시를 내리셨습니다. 우리 오리온 그룹에서는 정기적으로 우수 학생들에게 장학금을 지급해 오고 있으니까 특별한 일은 아닙니다. 한 가지 신경을 써야 할 부분이 있는데, 다루 군의 천재성을 살릴 수 있는 방안입니다. 회장님은 다루 군의 천재성을 알아보시고 그 애한테 어떤 교육이 필요한지 알아보라고 하셨습니다. 필요하면 외국 유학도 고려하시는 것 같았습니다."

"아이구, 말씀만 들어도 황송하기만 합니다."

유씨의 입에서는 연신 아이구 아이구 하는 소리가 흘러나왔다. 차 실장은 몸을 일으켰다.

"그리고 참, 다루 군한테는 아파트랄지 직장 문제랄지 그런 건 이야기하지 않는 게 좋을 것 같습니다. 아이가 그런 걸 아는 건 바람직하지 않다고 회장님께서 말씀하셨습니다."

"네네, 그럼요."

"자, 그럼 이만……."

차 실장은 캠핑카에서 내려 걸어갈 듯하다가 생각난 듯 돌아서서 말했다.

"회장님께서 다루한테 푹 빠지신 것 같아요."

유씨는 차 실장이 사라질 때까지 문 앞에 서 있다가 그의 차가 사라지자 안으로 들어와 편지 봉투를 열어보았다. 봉투 안에는 1억 원짜리 자기앞수표 다섯 장이 들어 있었다. 그는 동그라미를 두 번, 세 번 확인한 다음 떨리는 손으로 출입문부터 잠갔다.

이게 현실일까. 현실적으로 이런 일이 일어날 수 있는 걸까. 철없는 아이로만 알았던 다루를 생각하자 그는 갑자기 어린 아들이 정체를 알 수 없는 아이처럼 여겨졌다. 다루한테는 사람들의 말대로 천재성이 있는 것 같았지만 한편으로는 사람들을 매료시키는 또 다른 무엇인가가 있는 것 같았다. 별로 잘생기지도 않았고 키도 작은 그 애의 뭐가 그렇게 매력적일까. 문득 이 모든 것이 케르가 집안에 들어오면서부터 일어난 일들이라는 생각이 들자 번개처럼 '그래, 아내가 환생한 거야!' 하는 외침이 속에서 터져 나왔다. '아내가 환생해서 도와준 거야!'. 그는 용수철처럼 튀어 일어나 문을 열고 케르를 불렀다. 케르는 보이지 않았지만 서너 번 부르자 어디선가 식식거리며 달려왔다. 그는 케르를 와락 껴안으며 아내에게 하듯 개에게 정신없이 입을 맞추었다.